跟着本书游天下
GenZheBenShuYouTian Xia

江心洲上的春天

向 迅 ◎ 著

来呀，跟我一起出发吧！

吉林人民出版社

图书在版编目(CIP)数据

江心洲上的春天/向迅著.— 长春:吉林人民出版社,2013.12

(跟着本书游天下)

ISBN 978-7-206-10183-0

Ⅰ.①江… Ⅱ.①向… Ⅲ.①游记—作品集—中国—当代
Ⅳ.①I267.4

中国版本图书馆CIP数据核字(2013)第301092号

江心洲上的春天

著　　者:向　迅　　　封面设计:三合设计公社
责任编辑:陆　雨　韩春娇
吉林人民出版社出版 发行 长春市人民大街7548号　邮政编码:130022
印　刷:北京威远印刷有限公司
开　本:710mm×1000mm　1/16
印　张:10　　　　　　　　　字　数:180千字
标准书号:ISBN 978-7-206-10183-0
版　次:2014年4月第1版　　　印　次:2014年4月第1次印刷
印　数:1-5 000册　　　　　　定　价:26.80元

如发现印装质量问题,影响阅读,请与印刷厂联系调换。

江心洲上的春天
Contents 目录

鹿原陂 …………………………………… 001
岳麓山居图 ……………………………… 009
蓝颜色的山水 …………………………… 014
深山书简 ………………………………… 019
第三个地方 ……………………………… 023
最早的中国 ……………………………… 043
如坐画图 ………………………………… 047
天下水 …………………………………… 052

我的瓦尔登湖 …………………………… 066
寂静美 …………………………………… 070
太平岭下的日子 ………………………… 073
江心洲上的春天 ………………………… 085
寻隐记 …………………………………… 088
草原札记 ………………………………… 095
神在那里 ………………………………… 102
地平线以下的春天 ……………………… 110

高原上的琵琶声 ………………………… 115
石头记 …………………………………… 118
临窗小景 ………………………………… 143

▲ 本是直中树，偏作娜娜姿　　罗鹿鸣 摄

▲ 炎帝陵　向迅 摄

鹿原陂

如果你不曾踏足这块土地，这绝对是个陌生的地名。即使你走马观花般地走过一趟，也不一定知道这个地方就叫鹿原陂。

这个名字，确乎给人无限遐想。这里是传说中的白鹿出没之地，曾经诞生过凄美的神话。你极有可能由此及彼，联想到陈忠实先生的长篇小说《白鹿原》。事实上，我在查找相关资料时，也有人称此地为白鹿原。只是，在洣水河畔的一块摩崖石刻上，铁板钉钉地刻着这块大地的芳名：鹿原陂。这字，出自清代道光年间酃县知县沈道宽之手。

你也许会好奇地问：这鹿原陂，究竟是什么来头？

连鹿原镇的小孩子都会反问你：难道你连炎帝陵都不知道吗？

鹿原陂，正是炎帝陵所在地。

▲ 神农大殿　　李福建 摄

　　倘若没有这次挂职的机会，没有这次故地重游，我断然不会了解这么多。尽管早在五六年前，我刚来到湖南时，便在地图上找到了炎帝陵；尽管去年岁尾，我还冒着毛毛细雨千里迢迢地前来拜祭过炎帝。当我知道自己被分到炎陵挂职时，便迫不及待地查阅了一下该县的资料。两个镇子让我眼前一亮：鹿原镇和沔渡镇。鹿原镇上有炎帝陵；而沔渡，有丰富的客家文化，可见客家围屋，可听客家山歌。我是以作家身份来挂职的，这两个文化资源丰富的小镇最对我的口味。然而，事与愿违，我最终被分到了龙溪乡。

　　值得欣慰的是，龙溪离鹿原近得很，我便谋划着找个时间再去炎帝陵看看。

　　机会总是留给有准备的人的。

　　一天上午，挂友马俊达忽然打来电话，告知我下午去县城会合，明早去炎帝陵。

　　我很痛快地答应了。

　　在县城住了一宿，吃过早餐后，县委宣传部的同志与我们接上头，直奔鹿原镇。

　　鹿原镇是炎陵所辖乡镇里地势较为平坦的一个镇子。从龙溪来到鹿原，有一种从大山进入平原的感觉。车越往前行驶，视野越开阔。路边的丘陵越来越矮，景色越来越迷人。即将泛黄的稻谷一望无际，山脚的人家青瓦白墙，坝子两边绵延的罗霄山脉层次分明。这一幅画图，很容易让人想起《桃花源记》中的句子：土地平旷，屋舍俨然，有良田美池桑竹之属。阡陌纵横，鸡犬相闻……

　　很快就到鹿原镇了，神农大道上古木参天，店铺林立。我们都羡慕地感叹，

▲ 午 门　　向遐 摄

在此挂职的挂友真是好福气。

驶出鹿原镇，不远处的青山脚下出现了一块隆起的"翠微高原"，不用宣传部的同志介绍，我们都知道那就是鹿原陂了。隔着车窗，眺望鹿原陂，炎帝陵的斗拱飞檐已豁然入目……天地间隐隐有了一种无以言状的庄严，有了一种宏博辽远的气象。

虽是故地重游，然而"抬望眼"，仍是"壮怀激烈"。在此鹿原陂，望不尽"三十功名尘与土，八千里路云和月"，望不尽层峦叠嶂的山河，却望得见一个民族的根，一个活在传说里的人；望得见飞渡的流云，汤汤的洣水。

在气势宏伟的阙门前，我们被一群销售香火的妇女缠住。我们本是打算参观一下炎帝陵的，却不忍拒绝那份热情，每人买了三炷香。有当地人说，在炎帝陵求愿很灵呢。我们并非为求愿而来，但拜祭拜祭老祖宗倒是应该的。

我在此毫不掩饰自己的民族身份。作为巴人后裔，我清楚我们土家族有自己的老祖宗，有独属于我们这个民族的神话和传说。在清江流域，我们管曾祖父曾祖母叫祖祖。我想，在漫长的一段岁月里，我们向家都保持着纯正的土家族血统。但事情不会是绝对的，总会发生变化。

我的母亲是汉族，所以我的身上一半是土家血统，一半是汉族血统。

谁能否认我是炎黄子孙？

我以前在《谁还能衣锦还乡》里说道：时人因为种种社会乱象，慨叹这是一个没有信仰的国度。我一度也这么认为，某天忽然发现我们国人其实是有共同的信仰的。这信仰，便是对祖宗的信仰。我们对于祖宗的信仰不亚于对任何一种宗教的信仰。甚至可以绝对地说，我们可以没有宗教，但不能没有祖宗。

鹿原陂 | 003

中国龙 向迅 摄

倘若说宗教带有唯心主义色彩的话，祖宗说则是完全站得住脚的。因为诸如上帝、真主等都来源于人类的想象，而祖宗是确确实实在大地上生活过的。

国人乐于寻根溯源，总想找到一个河流的源头，找到一个家族的起点。在认祖归宗这件事情上，我们往往有着不遗余力的热情，并将之上升为一种天然的使命。以祖宗为参照，我们可以看见自己的前世今生，可以看见一个民族的来龙去脉。

这是一件特别有意义的事情。将之弄清楚了，我们就可以回答"从哪来，到哪去"这个哲学问题，并在生活中获得更强的方向感，而不会在十字路口感到迷惘。

神农大殿是高耸于我们视野中的一座庙宇，一座宫殿。

远远地望去，不平之气在胸中暗雷般激荡不已。

当你从阙门沿着石阶一步步走向炎帝广场，当巍巍然若高山的神农殿一寸一寸出现于你的视野里时，你怎能阻止热血的沸腾，怎能掩饰身体的激动，怎能对此无动于衷？

这种宏伟的气势，是天的气势，高远，深邃；是地的气势，博大，辽阔。

谁走在这条大道上，谁都是一个虔诚的信徒。

每一个脚印，无不打着朝圣的烙印。

我们与炎帝之间，本该横亘着一道时间的鸿沟，但这条大道无端缩短了我们之间的距离。

这种感觉，是相当奇特的。就像你找寻了无数遍的一件仅在梦中出现的珍宝，这会儿忽然出落于你的眼前了。

圣火台上视野开阔，周遭景色皆入眼帘。

眼下早已不是"草色人帝青"的春月，草木已深及肺腑，秋色初见端倪。鹿原镇的人烟，像是被谁放牧的羊群，静静地啃食着漫漶于山野间的薄薄水烟。鹿原陂上柏翠松绿，香火味缭绕其间而久久不散。

闭上眼睛，你可以恣意想象那个神话与生活并行不悖的时代。或许还可以背诵曹孟德的诗：树木丛生，百草丰茂。秋风萧瑟，洪波涌起。日月之行，若出其中。星汉灿烂，若出其里。

泽披后世的祖宗，是一座有容乃大的沧海。

我们现在谈起炎帝，与他同时代的黄帝、蚩尤，以及稍后的尧舜禹，更像是在谈论神话与传说。关于他们的生平记录，确切可考的文献资料多是语焉不详。我们只能大致推测他们所生活的时代。

在这样的时候，我们倍觉文字的可贵，历史的可敬。

但我们不能因此而否定那一段漫长的没有记录的历史。正是历史的空白性，神话和传说才得以诞生，也才具有存在的合法性。而神话和传说，有着瑰丽的浪漫色彩，把人的想象力发挥到极致。现代人为什么写不出创世神话和史诗了？就因为我们的想象力受到了摧残和戕害。

具有恒久性的神话和传说，使得我们永远生活在祖宗的庇护下。遥望之处，总是沐浴着先人的光辉。

不知不觉，我们已经踏上了炎帝广场，神农大殿里的炎帝已隐约可见。在工作人员的指导下，我们焚香，祈愿。如果你是一个无神论者，你可以不跪神灵，但没有理由不跪祖宗。我们都是炎黄子孙。我们也并非要求一世功名，仅仅为了表达那一份对于祖宗的信仰。

长期以来，关于炎帝的争论颇多，其中有两个比较关键的问题：炎帝与神农氏是否是同一个人；炎帝神农氏到底是一个人，还是对神农部落若干代首领的统称？学者们对此各执一词，尚无定论。

弄清楚祖宗究竟何许人也固然重要，因这关乎到我们所拜者究竟为何人这等严肃的命题，不然，我们就是稀里糊涂地乱磕头了；但是，炎帝神农氏是口口相传下来的祖先，即使在口口相传的过程中，有所发挥和丰满，大致是错不了的。就如我们每个家族在修族谱时，基本上都是持着非常严谨的态度。

这让我想起，每年除夕夜，我们向家后生都会相约去拜祭祖祖。虽然我们这些后生从来没有见过祖祖，不知道他们的相貌几何，甚至不知道他们的名字，但这丝毫不影响我们对他们发自内心的感激和崇拜。我们在坟前给他们打躬作揖，祈求他们保佑家人平安吉祥。

在我们眼里，远逝的祖祖，已化作了一方神灵。

▲ 炎帝陵　　李福建 摄

祭拜祖祖，不仅仅是一个古老的仪式。

出得神农大殿往右，在树林里就远远地望见了古木掩映的炎帝陵。正午时分的午门，秋阳高照，人影自见，别有一番肃穆。

依稀记得去年岁末我冒雨在行礼亭向炎帝行礼的情形。雨不是很大，游客也不是很多，整个陵园显得特别清净。我拍下了几个人行礼时的背影。我注意到，每一个人在高举香烛向着正殿躬身作揖的瞬间，他们的表情无一不是庄重的，虔诚的，不容侵犯的。他们的眼神，有着雨滴一样的清澈。他们的心，大概也像那雨天一样干净吧。

那是我第一次来炎帝陵谒祖，感觉特别神圣。

这一次虽是故地重游，出入均轻车熟路，但神圣感不减去年。

正殿的后方，便是墓碑亭，墓碑亭前，便是炎帝墓。墓碑亭虽小，却上及宇宙，下及大地。更适合一个人前来祭拜。独立斯亭，面对祖宗墓冢，自当是有万千感慨。墓冢上草色碧青，树木已蔚然成林。圆形的墓冢，像一个古老的预言。你可能不敢相信：这就是一个民族的源头？这就是一部史诗的开卷？

不知道你有没有注意到，墓碑亭顶的苍穹，比你在任何一个地方看到的，都要蓝，都要高，都要远，都要美；亭后的松涛声，比你在任何一个地方听到的，都要悠扬，都要悦耳，都要美妙。

于松涛声中，我想到了刘勰在《文心雕龙》里阐述"神思"的一段话：文之思也，其神远矣。故寂然凝虑，思接千载；悄然动容，视通万里；吟咏之间，吐纳珠玉之声；眉睫之前，卷舒风云之色；其思理之致乎。故思理为妙，神与物游……

墓碑亭，正是思接千载，视通万里，神与物游之地。

很多人在此行过礼后，便打道回府了，不能不说是个遗憾。因沿着墓冢旁边的石阶而上，还可以观赏到数百通石碑，欣赏到炎帝神农氏一生作为的壁画。制耒耜，种五谷；立市廛，首辟市场；治麻为布，民着衣裳；作五弦琴，以乐百姓；削木为弓，以威天下；制作陶器，改善生活……是对神农氏毕生事业的总结。

每一件事情，都如同一次伟大的日出，使我们向文明迈进了一大步。

我几乎不敢想象，在那个混沌初开的前语言时代，神农氏究竟是受到了怎样的启示，捕获了怎样的灵感，便削桐为琴，结丝为弦，烧泥为陶了。

几年前，我在查阅资料时，偶然对神农琴有了一些初步的了解。据说，这种琴"长三尺六寸六分，上有五弦：曰宫、商、角、徵、羽"，它所发出的声音，能道天地之德，能表神农之和，能使人们娱乐。

这究竟是一种什么样的琴声？想想看，对于一个不通音律的人而言，摁下一个琴键，或者拨动一根琴弦，都需要下定多大的决心，付出多大的勇气呀！更何况是在无任何经验可资借鉴的情况下，凭空做出一把琴，凭空拉出"能道天地之德，能表神农之和"的悠扬琴声呢！

我想，跳跃在琴弦间的旋律，不一定是江河的旋律，也不一定是林间松涛的旋律，但一定是最真实的内心写照。

一个从一开始就将农业生产和音乐生活融合在一起的民族，一定是一个懂得浪漫的民族，一定是一个富有情调的民族。

神农氏的所作所为，在我的眼里，都具有创世的意义。

我曾在那一长卷壁画前伫立良久，看着看着，那壁画上的人和物事，竟都活了起来，动了起来——似乎所有的山河都发源于此，所有的人烟都是从这里开始弥漫的，所有的日出也从这里升起的。

我已分不清，自己到底是身在画中，还是身在眼下那一场最终会成为历史的细雨中。

从午门出来，一脚踏入历史的阴影里。

百度百科介绍说，炎帝陵自宋太祖乾德五年建庙之后，迄今已有千余年历史，随着历代王朝的兴衰更替，炎帝庙也历尽沧桑，屡建屡毁，屡毁屡建。并在其沿革中记载了这样一件事：至淳八年（公元1248年），湖南安抚使知潭州陈奏请朝廷为炎帝陵禁樵牧,设守陵户,并对炎帝祠庙进行了一次大的修葺。

我注意到了这件事,并觉得它对于炎帝陵的意义是非常重大的。

我去过位于鄂尔多斯高原的成吉思汗陵。在那里,我被达尔扈特守陵人的举动深深感动。他们世世代代一直为他们心目中的英雄成吉思汗守陵。这一守就是八百年,还将继续守下去;在河南伊川范仲淹墓园,我见过范仲淹第二十九代世孙范青城老先生,他们一家子挤在墓园一角的简陋房子里,就为范公守陵;我还听说过一些守陵人的故事,他们大多是忠肝义胆之士……

在炎帝陵,我也听到了一个故事。

故事的主角,叫马敌凯,今年已是八十八岁的高龄了。

老马在县城有一个小康之家,儿子儿媳都有一份体面工作。本该是颐养天年的年龄,他却在十多年前做出了一个重大决定,将窝挪到了炎帝陵附近一间破旧的不足十平方米的老房子,孤灯一盏,孑然一身,过着苦行僧式的清苦生活。都到风烛残年的年纪了,为何执意如此呢?

你肯定不敢相信,老马辞别家人,独居荒野小屋,就为了在炎帝陵义务"植绿",当个不拿半分钱工资的义工。更令人不可思议的是,他这一干啊,就是十七年,而且,他还将继续干下去。

在这十七年里,老马没有给自己放过一天假,每一个日子都是他的工作日,风雨无阻,霜雪无挡。十七年,恰好是一代人成长起来的时间,老马栽下的树,如今也已成材成林了。据说,我们在圣火台看见那一片柏树,原来是由绿化部门种植的,然而成活率非常低,结果都是老马找来树苗,重新种一遍。在他的精心照料下,那些树苗都精精神神地活下来了。

在这十七年里,老马在炎帝陵已亲手栽种了八万多株花木,两万余平方米草皮,复种了"五谷",建成了藤果园、芭蕉林,复兴了神农百草园……他的身上,因为工作而留下了十九道伤疤。每道伤疤,都记录着一个故事。

宣传部的同志介绍说,炎帝陵的绿化养护工作,都是季节性聘请临时工来做,马敌凯这个唯一不拿工资的"正式工",自然而然地成了这里养绿护绿的带头人。大家都称他是"炎帝陵忠实的守陵人"。

我见过老马的照片,没有什么特别的,就是一个普通的老头儿,但他的确是匹好马。正所谓老骥伏枥,志在千里。

听罢故事,放眼望去,秋日下的鹿原陂,层林尽染,气象万千。一群美丽的白鹿,在想象里出没。

▲ 岳麓书院　李福建 摄

岳麓山居图

　　近段日子，学画画的愿望与去年想学古琴一样浓烈。我想为所见的山河之景状色，摹其状貌，描其神光，画其精神。估计无人可以说清，在他一生的路途中，到底有多少景色触动过他的心灵，让他为之倾倒忘魂。那样的时刻，他或许想用琴弦颂其音，用画笔著其色，用舞蹈赋其形——用艺术表达他的思想。这大概可以称得上是艺术的起源。每次前往岳麓山，我都会产生些许冲动，双手情不自禁地跳舞。

大抵是每个人的心里都矗立着一座山，那多半是故乡的风景，不是神山却胜似神山。可我很放心地相信，但凡到过岳麓山的人，但凡知晓那么一点中国历史的人，但凡有一点文化情结的人，都会与长沙人一样，把它永久地珍藏在心底。

就我个人的经验而言，最早知道天下有这么一座山，是我在荆楚腹地求学期间。那时，我所读书的大学有个一文学社，名曰"楚材苑文学社"。某一天，德高望重的写作学教授提及文学社名字的来历时，给我们讲起了那个关于岳麓书院门口那副对联来历的故事。"惟楚有才，于斯为盛"，当那个年届六旬的老人用铿锵之语道出这句自负的对联时，教室里鸦雀无声。一种无形的气场，将我们镇住了。可以说，我认识岳麓山，是从岳麓书院的这副对联开始的。

作为赫赫有名的一处风景名胜，岳麓山当然有景可看，说它一步一景也不为夸张。倘若你是从东大门上山，则多自然之景；从南大门上山呢，则多人文之景。山中景色，百看不厌，每看愈新。

天下恐怕再无第二座山，如岳麓山这般，给人以致远的宁静，给人以强烈的震撼，给人以长久的注视，给人以默默的思索。海拔三百来米的山体，在名山大川之列，确乎算不得什么，可就是这三百来米，频频给人以峰回路转的奇绝之感，给人以力压群山的气势。

刘禹锡的那个名句"山不在高，有仙则名"，最适合岳麓山不过。但更准确的说法是，岳麓山不是以仙为名，恰恰是以一大批人为名，以一座书院为名。

但凡上山，都要从岳麓书院门口经过。几乎每一次，我都要在那副对联前驻足片刻，都要在马路上引颈而望书院之大观。那片安详而沉静的建筑群，像一位端坐在椅子上的大贤大德，让人不近而敬。远远一望，就知道不可等闲视之。在那种鲜有的沉稳里，自有一种大气象，有一种大气度，有一种大情怀。我一早了解过书院的历史，听说过朱张会讲的掌故，也一早就想跨入这千年学府的门槛，进去好好感受一番那种沉淀千年的学术文化氛围，却总是有些迟疑。

在此之前，我流连忘返于山麓间那些朴素而宁静的墓园。山间墓园之多，出乎人的意料；墓园的主人都是我们耳熟能详的辛亥革命烈士，更是出乎人的意料。漫步在这座青山里，不时便有一座墓碑与你不期而遇。上山下山的岔道口的路牌，也多是标识某某之墓。黄兴、蔡锷、陈天华、姚宏业、蒋翊武、禹之谟……都长眠于此。尽管我已将那些墓碑旁的绍介文字看了多遍，但就

▲ 岳麓雪景　曹庆红 摄

▲ 岳麓山雪景　曹庆红 摄

是忍不住一看再看,要将他们短暂而不朽的一生铭记于心。记住的,不仅仅是他们的名字,他们的生平事迹,更需记住的,是他们为了追求人之民主与自由、为了实现民族之独立国之富强而不惜献身的精神。

在山上,偶然看见一句诗:青山有幸埋忠骨。写得真好。山间墓园,是最好的教科书,是最值得牢记的历史。

前不久,我终于进入了岳麓书院,带着一群芳华正茂的学生。穿梭在这潇湘槐市,时生羡慕之感。曾经有那么多的学术泰斗和顶级学者在此登台讲学,授业布道,当是怎样的盛况!曾经在此求学的士子,是多么幸运啊。崇尚学术自由之地,必是人才辈出。不需要导游的讲解词,自在书院里呼吸得到一种勃兴的气息。

走到"时务轩"前,当我在青瓦翠叶之中,看到檐上那三个遒劲大字时,莫名地一怔。我将那三个字拍了下来,觉得拍得异常好。在我仔细审度它们时，突然联想到了山中的那些墓园，那些墓园的主人。倘若说岳麓书院为有识之士提供了精神上的启蒙和支撑，那么那些为了民族大义而割舍了俗世一切的人，则是这种精神的亲身实践者。所谓位卑不忘国，敢为人先是也。

在岳麓山之巅，有一座极目山庄，据说在此望到的风景最好，极目楚天舒。除了偶尔带朋友去吃饭外，我不常到那里去，我还是习惯于在山巅的马路边，凭栏远眺。

千里湘江如驰骤的马匹，从南岳衡山之侧远远地飞驰而来，又从岳麓山之侧向北而去，入洞庭，入长江。茂密青山隐去了江上涛声，却掩不住那种大江自南而北的气象，江中的橘子洲，在山巅亦清晰可辨；也掩不住一座城市的气象，在树林的掩映里，大半个长沙城尽收眼底。

眼底的湘江，百舸争流；眼底的长沙，气势磅礴。湘江将长沙一分为二，长沙人习惯称为河东与河西。我见过长沙三四十年前的样子，那是在报纸上的几帧照片里。那已是老长沙记忆里的长沙了，也已成一座城市的历史档案和记忆。据长沙的朋友讲，十年前的河西还是一片农村，现在呢，已堪称长沙的黄浦了，发展还是挺快的，真是三十年河东，三十年河西啊。在我客居的几年里，就亲眼目睹了河西的种种大变化。

倘若说诗意的橘子洲是一艘快艇，那么，整个长沙城就是一艘巨型航母了。它们都在另外一条河流里向前奔跑。

把目光再放得高远些，则可望见湖南更为辽阔的山河。

这些年，我一直在湖南的各地游走。即使是在僻远之地，也可以见到不少很好看的小镇以及民居。人们的物质生活显然得到了相当大的改善，怕是三十年前连梦想都梦想不到的。只是我还有一点小小的担忧，物质生活富有了，精神生活是否也相应地富有了？

我想，长眠山中的那些革命烈士，也在清冽的江风里，感受到了他们曾经为之奋斗的这个国家的种种变化。

岳麓山为衡山余脉，它们的精神地理也是一致的。衡山之脚，有石鼓书院；岳麓之脚，有岳麓书院。它们气脉相通，前呼后应，横贯南北。

去年，我想学古琴，是想去石鼓山弹那首著名的曲子《潇湘水云》；现在，我想学画画，是想在窗前为岳麓山画一张画：青山之脚，有一座古老的庭院，有一条古老的大江，江中有一个古老的小洲，还有一座小城。

你或许不知道，我在客居的小楼里，只要站临窗子，眼前就是一幅上好的画。

蓝颜色的山水

  时令正值初冬，阳光却出奇的好。金箔色的阳光，宛如质地柔软的绸缎，瀑布一般落在车窗外。秋收后暖色调的原野，是俄罗斯油画大师的手笔。而画中风物，当然是纯中国式的。绵延起伏的山脉，宁静淡泊的流水，温暖亲切的人烟，包括那些喧腾热闹的小镇，都会唤起我对故乡的记忆。

  此行来安化似乎是临时性的决定，满心期待自不待言。自然，我对安化早有所耳闻。那里的黑茶，声名显赫。而这个坐落于湘中偏北的梅山蛮地，给我最早的印象，就如同一饼古色古香的黑茶那般典雅，古风蔚然。

  我们一路穿村过镇，静静地等待安化闯入视野。事实上呢，安化早已等候在那，岂止千年万年？热情好客的主人，一路上联络着同事，打探我们的行程。

  最先吸引我的，是公路右手边的一条河流。已然忘却它是从什么时候什么地方开始就那样自然而然地出现在我的视线里的，不过，我深深地记住了河流的颜色。

  那是一条蓝色的河流。既像一支古老的牧歌，也像一首现代派的抒情诗。那种蓝，绝非天空的蓝，也不是布染的蓝，而是悠远的，宁静的蓝。对岸层林尽染的山峦和江畔随意洒落的白墙红瓦的人家，"气象格局小而美"。

  我没有见过多瑙河，但不知它与眼下的河流是不是同一种蓝法？但凡稍微了解湖南地理的人，都知道这条河流就是大名鼎鼎的资水了。

  安化县城所在地东坪镇，就位于资水中游北岸。到来之前，同事曾介绍，东坪不平。听了奇怪，来了才知道，安化县城还真是一个山城。受了地理原因的限制，县城格局略显急促，却仍有一股子说不出言不尽的味道。是久违了的市井烟火气，还是某种令人心安理得的气息？

▲ 神韵安化　　安化文化旅游广电新闻出版局 提供

　　远远近近的山，大概都可算作雪峰山的余脉。早已过大雪节气，可那些山峦也并未见出有多凋敝萧条。尽管染了一层淡淡的黄昏一般的颜色，却依然看得见青山的风骨。冲天山脉不管绵延多少里，但其气象不会打折。即使是余脉，仍然是余音缭绕的。然而，安化的幸运不止于此，波光潋滟的资水在它的怀抱里千回百转，喂养夹岸的村落与生灵。

　　山水交融之处，必然地灵人杰。

　　真是巧得很，刚下车，就在资水边碰见了迎面而来的主人。一顿热腾腾的午餐吃过，便开始了真正的安化之行。

　　午后的阳光，照例是金灿灿的。又是穿村过镇，一个更为真实的安化扑面而来。路边原野里散落着的梅山村落，古朴而宁静；村镇里的新式院落，也全是民间风格；相遇的那些人，也无不见出热情和质朴。

　　这一切都是在提醒我，我们是在深入失传已久的民间。

蓝颜色的山水 | 015

▼水漫资水　柳卫平 摄

▲茶马古道　柳卫平 摄

那个下午，龙泉洞的溶洞风光让我们大开眼界。千奇百怪、鬼斧神工的钟乳石造型，让人叹为观止。美到绝境的洞中飞瀑，让人产生身在人间仙境的错觉。出得洞来，颇有洞中一日，世上千年之感。

红彤彤的夕阳像一块熔金，把个安化山川点染得异常静谧安详。

主人说，且上云台山去看看茶园吧。顺着盘山公路向山顶疾驰，一川人烟很快被我们甩在了陡峭的山崖下。山上几乎不见树木，只有满坡满坡的竹林。竹子长得精致，茂密却不秀颀，也不高大。但据说这里的笋子是一道好菜。一车人津津乐道的，一是前不久在这里举行的一场全省山地自行车赛事，二是山上的云雾茶。

朋友说，云台山终年云雾缭绕，云海很美，安化茶好，但数这云台的最好。

山上风光无限好，可最让我动心的是坡地上白花花的芦苇。夕阳泊在芦苇洁白的穗子上，自是一张令人心旷神怡的画图。

在山顶云台村村委会的一间办公室里，我们见着了一个胸怀大志的年轻人。吃茶时，他向我们描绘了云台山未来的蓝图。他要将云台山上的茶园全部承包下来，将之建成一个茶文化主题生态公园，在这里做最好的茶。而这么大的工程并非纸上谈兵，这一路为我们开车的那位艺术家朋友，就是蓝图的规划者。再过三五年，云台山将是另一番气象了。

暮色早已降临，山下灯火也早已亮了起来。

回城途中，车在一处山崖下停了下来，主人指着路边的一块巨大的裸露崖壁说，那是在第四纪冰川期间形成的冰碛岩，多个国家的科学家来此考察过。我们不禁感叹，安化处处是宝啊！

夜宿东坪镇，资水在梦中缓缓流淌。

次日清晨，蓝色的资水上，晨雾弥漫。忽而，淡淡的烟岚里，竟慢悠悠地摇来一只小划子来。那看不清面目的摇船人，撑开了一江诗意。这样的情境，叫人好不欣喜！

这是只有在江南才见得着的风光啊！而安化偏偏就有一个江南镇。我在头一天就向主人打听了这个水灵灵的镇子。

这一天，我们正是要去江南镇的茶马古道。

梅山村落的木屋里，炊烟丝丝缕缕，无边暖意涌起。我一直在想，作为梅山文化的发源地，安化得千年古风。这山里的梅山村落，怕是这种带有一些神秘气息的文化的最直接的生发者和承接者吧。传统在于延续，文化在于传播，这都是关乎心灵和美德的事物。

经验告诉我，越是处江湖之远，民风越淳朴，道德越完好，心灵越美丽。

除此梅山文化，茶文化亦融入了安化人的生活。

中国南方最后一支马帮所走过的茶马古道，就藏在江南镇的深山里。如果不是马帮走过，如果马帮不是驮送安化黑茶，这条古道再险峻再古老，怕也是不为人知。时至今日，当我们再次踏上古道时，从某种意义而言，我们是在进行一次精神之旅，因为这条古道，早已变成了一条文化之道。

主人备好了马，我们一行人骑着马向着未知的神秘里驶去。冬天的山林，格外静谧，似乎听得见路边野菊花开放的声音。正行走着呢，一阵清脆悦耳的铃铛声，就叮叮当当地顺着青石板路从深山里传了出来，宛如天籁。那是马帮岁月的回声吧。没过一会儿，就有人骑着马出现在了古道上，一脸逍遥自在，完全不像我们这些被世俗生活搞得精疲力竭的人。

骑在马上，视野开阔了许多，沟壑

▲ 洞市老街　向迅 摄

江南镇人家 向迅 摄

边的风景全然不在话下。

寂静的山林,见证了古道的兴衰荣辱。历史上的马帮已经不见踪影,只留下了这一条古道,供我们阅读和思考。现在的赶马人,是江南镇上的农民,农闲时便来赶马,挣几个活钱。

由于是阴天,下午三四点钟的光景便已流露出了几分黄昏的醉态。

我们忙里偷闲地到洞市老街走了一遭。一个青石门将寂寞的老街与喧闹的集市分成了两个截然不同的世界。一级级的青石板路从木屋的屋檐下和门廊前就势而上,拐了一个弯就不见了。那看不到尾的一头,是烟熏火燎过的历史么?

在这寂寞的老街里,我透过敞开的房门,看见了最具烟火气的生活场景。

我独自想,能够把这青石板叩响的,怕只有马帮的马蹄。

洞市老街,一个通向历史的入口。

还有许多地方要去,譬如梅山文化园、柘溪、九龙池,譬如说清塘铺、烟溪、仙溪等镇子,却因有要事要返回而不得不推辞主人的一再挽留,不能不说是莫大的遗憾。不过细细一想,这也未尝不是好事。

有意思的是,土生土长的艺术家朋友,竟然在一个乡里的岔路口迷了路,把我们带到了一个连他们自己也从未到访过的陌生地域。依然是有山有水,有河有桥,有村落有狗吠。

我们兜了大半个圈子,才回到正途。

我以为,这个迷路事件,并非偶然,而是富有深意。

深山书简

紫鹊界很有山高水远的感觉。

雪藏在那么狭远的深山里，紫鹊界有着不可思议的美。湖南山水好，三湘四水滋养出了一些好地方。在长沙，不止一次地听见一个叫思蒙的名字，欲让人抓狂。光听那美名儿，就把人带入了梦境。我一度认为，凡事都是讲缘分的，特别是那些浪漫的邂逅。世间好风景多，但不是所有的都会被你遇见。它们固守千年，一直在等待有缘之人。

若不是携一身凉意的秋雨前往紫鹊界，怕是一生一世都会错过。原来不知道湖南有个紫鹊界，去了方才晓得，呀！世上原来还有这么美丽的所在。也才在万千感慨之中，恍然所悟，不见得你没有去过或者你没有听说过的地方，就不漂亮。很多时候，我们都是在赶往一个预定的处所，却理直气壮地忽略了途中漫无边际的美景。

大师在民间，是前些日子的一种声音。尚无法考证，仍值得怀疑。但如若说美景在民间，那自是无懈可击的至理名言。

紫鹊界处在货真价实的民间，并孕育着民间。它是滋生民间的温床，也是民间的一个细胞。

在紫鹊界，我触摸到了久违的温度。绵绵秋雨，挟裹着上帝的漫天云雾，在紫鹊界变幻着魔术。秋雨时小时大，云雾时近时远，把个紫鹊界整得幻如仙境。不过，那种温度是如此强烈地从秋雨和云雾中游弋出来，牢牢地抓住了我的心。那是屋檐下的红灯笼，在雨帘中散发出的古典的气息；是木架板屋在那样一面山坡上，流露出的烟火味道；是那云雾下时隐时现的梯田，闪烁着鄂西山地的影子；是谷地里暗黄的灯影，在黑夜中流淌成金。

是的，眼中所见的一切，和鄂西山地是多么的相像！

来到紫鹊界，我仿佛回到了阔别已久的故乡。我是那些个在时光中将渐渐老去的浪荡者，而故乡从来不会。在这样一个以秋天的长天为背景的场合相遇，还有什么比这更温暖！所以我们在山上，大碗喝酒，大口吃肉，在篝火边放肆舞蹈，狂热喊叫！那是要喊出内心热烈的火光，在觥筹交错间，在篝火的恍惚下，喊出一个滚烫的故乡！

紫鹊界的雨，颇有些惆怅。从屋檐上落下来，织成一张网；在院子里梨树的果实上悬挂着，欲落未落。有人不停地从木板梯上上上下下，雨声不停。不停的雨声，如举棋不定的棋子，粒粒落在我心里横亘着的棋盘上。

紫鹊界的云，还有雾，都很有看头。如若紫鹊界少了它们，那是可以预见即使是一个多么完整的民间，肯定是沾有不少俗气的。烟火气不可少，不然清冷气寡，而云雾也断然缺少不得。雾洗紫鹊界的清晨，云锁紫鹊界的黄昏，都是极养眼养心的时候。

紫鹊界的饭食，任人挑剔，都是无比满意的。腊肉、冻鱼、粉皮、蕨菜，都是山里货。记得在去紫鹊界的途中，一路穿村过镇，街巷里脆生生的瓜果蔬菜，是怎样勾起车上人的满腹食欲。在此吃过三两顿之后，才觉得以前经常光顾的那些农家乐烹制出来的冒牌货，有多蹩脚！

这些固然都给人铭下印记，可最让我放不下的，还是那屋前屋后举目可见的梯田。

落脚的地方是紫鹊界演艺中心。凭栏而观，梯田重峦叠嶂。梯田是从山脚蔓延上来的，是从另外一片山坡蔓延过来的，是从天边从云海里蔓延过来的，是从岁月深处从历史里蔓延过来的。蔓延的梯田，像涌动的波浪，向心底翻卷过去；像一本本书简，低声默诵稻谷写成的中国汉字。

当云雾散去，当那么大的一片梯田向我涌来的时候，我一语不发地站在那里。我不得不承认，那一刻，我的灵魂无比干净。绵延而去的梯田里，稻谷正在日渐饱满。哦，山脚的稻谷已经一片金黄，山腰的正由青转黄，山顶的还在眺望。其实，满坡梯田里的稻谷，早已做好了准备，只等待秋风的一声号令，就要给紫鹊界铺满黄金，遍地金光灿烂，把紫鹊界变成人间天堂。

不止我一个人，沉浸于绚烂的梯田铺就的色彩。像晴天天边的云霞落在大地上，像苗瑶女子织就的色彩斑斓的织锦。从鄂西山地走出来的人，突然就羡慕起眼前波澜壮阔的画面。羡慕起世代居于此地的苗、瑶及侗族同胞。梯田间阡陌交通，清一色的木架板屋点缀在稻田间，其质地和色彩与整个画面是那么协调。仿佛那些板屋也是从地下生长出来的一样，是人们种植的结

▲ 上堡秋色　杨进汉 摄

果,所以它们也成了紫鹊界的一部分。

万亩梯田,是上帝从天堂放下来的天梯吗?不是,那是生活于此的人们,经年累月编织的画册,是用血泪和汗水筑起的殿堂,是用心——一锄头一锄头挖出的民族图腾!面对那信仰一般经卷一般的梯田,我肃然起敬!我知道我该敬佩的是谁!

鄂西山地与这里是多么雷同!我熟识紫鹊界的生活,知道稻浪涌出的芬芳的背后,是几多的艰辛与劳累!刀耕火种的生活,远远不是我们看见和想象的田园之美。是的,我们所看见的,的确是诗情画意的田园,但若你不是布衣出身,断然不会体味其中辛苦!不过,即使是那些在此地抛汗洒泪的人,看见了这即将丰收的画面,都要在皱纹中犁出满脸喜悦!也只有他们的喜悦,才如稻谷一样,有着举足轻重的分量!

从一粒稻谷里,我闻见了诱人的芬芳!从古老的梯田里,我看见了一部生活的血泪史!

去过紫鹊界的人,大都知道那些满天满地的梯田最早开垦于秦汉年间,故被称为秦汉梯田。苗瑶南方少数民族为避秦时乱,栖息于此。他们以雪峰山为天然屏障,在此开垦梯田,世代躬耕。虽然紫鹊界山高水远,其历史渊源与陶渊明笔下的桃源如出一辙,但仍避免不了官军的征伐,人们没有过上向往中的生活,依然向更偏远的地方逃亡。

那几个一直逃亡在路上的民族,是伟大的民族。他们在紫鹊界的时候,开垦了紫鹊界梯田，一部分人逃到广西，又凭借简单的劳作工具，开垦了与云南元阳哈尼梯田齐名的龙胜梯田！他们是梯田的开辟者，是梯田文化和南方稻作文化的缔造者。他们生命力的强悍令人敬佩，而他们亲手编织出的世界奇观，令人叹为观止！

据说在如今的紫鹊界，除了少数的民族聚集地外，很难找到瑶族人的身影了，只能在深山中寻觅到诸如瑶人冲、瑶人峒、瑶人屋场等地名。在紫鹊界民俗演艺中心的场院里，望着远方起伏连绵的雪峰山脉，思绪万千。想象着一个民族从一个地方被迫离开自己经营多年的家园，逃亡到另外一处深山，是多么的悲怆！

少数民族都是有自己的信仰和图腾的！不知怎么，我突然就想起了在南岳衡山上遇见的那些苗人。在去往祝融峰的途中，我看见那么多的苗人背着香火虔诚地登着石阶。他们中有白发苍苍的老人，有中年妇女，也有刚会学步的小孩。他们全部身着黑色的衣裳，扎着头巾，从路的两边恭敬地走着。从山脚爬上祝融峰，不是轻而易举的事情，但更令人吃惊的是，他们都是从邵阳辗转而去的。

只要有信仰之灯照耀，一个民族的内心就会无比强大，坚不可摧！只要有信仰之灯的指引，一个民族就会不断创造神话，声满天地！

紫鹊界就是一本自秦汉以降就开始被山民书写的大书，山民们以锄头为笔，以血汗和梦想为墨，在书简上狂草人世春秋，写就紫鹊界的编年史！如今，我们看见的那一垄垄的稻子，就是即将收割的诗行。连绵起伏的意象，沉甸甸的意境，紫鹊界在我的眼中如史诗般气势恢宏！

悄悄来临的夜晚，因了蒙蒙秋雨，湿漉漉的。那个夜晚，有人喝醉了，有人装疯，有人把木楼板踩得咚咚作响，有人把梦敲醒了……夜很深很深，但因了蒙蒙秋雨，连那场院里的狗吠声，都是湿漉漉的。唯一不是湿漉漉的，是那个穿着解放鞋的中年保安在篝火晚会上唱出的一支山歌：郎在高山打鸟开，姐在河边洗菜来……

再一次打开紫鹊界这本大书的，是清晨的光亮。炊烟缭绕在板屋之上，云雾缭绕在近峦远山。我依然没有看见苗瑶人的身影，只见万亩梯田在我的眼底焕发着金灿灿的光亮，那是掷地有声的颜色。我一心幻想厮守于此，住板屋，躬耕田畴，春种秋收，任时光绿肥红瘦！

紫鹊界让我记住了好多东西，有两个地名让我过目不忘：一个叫贡米岭，一个叫八卦冲。前者盛产稻米，后者生长想象。

▲ 世外桃源　杨进汉 摄

第三个地方

这"第三个地方",必然是胜过了北方和南方我所走过的那些地方,胜过了我所见过的千千万万种美——北国的苍茫雄浑,江南的温婉清丽……

途中笔记

时隔一年,紫鹊界依然雨雾迷蒙。犹似去年那场持续绵长的秋雨。时间在此似乎是凝固的,静止的,不曾向前流动,只是我从雨雾中跳将出来,如今又跑回来了。仅仅是这样。如此想着,我突然兴奋起来,说不定这里的时光,还停留在一个早已被史书盖棺定论了的朝代呢。然而事实上,这里早已不存在"不知有汉,无论魏晋"的桃花源式的夸张了,可身在山中,不产生错觉,那是完全不可能的。万马齐喑的群山,把个城市文明牢牢地阻挡在望不到边际的远方,而且山中确乎飘荡着某种古老的气息,拨动着我的心弦。

▲ 小镇秋色　杨进汉 摄

　　在古老的雪峰山下，在群山的包裹中，倘若你是初来乍到，当你被汽车从车门吐出，面对山野里稀落的人烟时，一定会生发一种强烈的被弃感。时空的反差都是那么显而易见，需要足够的适应时间。好在我不是第一次来到这里。就是去年，也是一大帮朋友，浩浩荡荡地开进来。再说，我本是农家子弟，故园鄂西的情形与这里也极其相似。所以我来到这里，反倒有一种从空中落到地面的感觉，很踏实。

　　我是专门赶来看梯田里的稻子的。去年，锦绣霞彩一般的金黄稻浪，给我留下了难以磨灭的印象。我以为那是天下最美丽的织锦。不知多少次，我将那番壮美的景象不厌其烦地介绍给朋友，并向他们描绘我胸中的蓝图：在紫鹊界建一栋房子，在那里过上耕读生活！那些没有去过紫鹊界的朋友，竟一个个啧啧生叹。此非分之想，并非我首创。我不想列举国外的那些文学大师是如何早在几百年前就已实践了这种想法的，仅在当代，依然有文学前辈把一年分为两个部分：一半时间待在城里，一半时间住在乡下。我所仰慕的湘籍作家韩少功，就是过着这样一种在时间上自给自足的生活。

　　在从长沙前往新化的路上，望见路边的开阔地带里，不少稻田已被收割，我很有一些担心，紫鹊界的稻谷是不是也已收割了？倘若是，那么此行只能看见清冷的稻田了。不过还是一个劲儿地安慰自己，紫鹊界的海拔高，稻谷的成熟期肯定要晚一些。每每看见道边恍惚而过的一片黄灿灿的稻谷，我就忍不住浮想联翩：那紫鹊界梯田里比火烧云更为壮观的金黄，怕是这丘陵处的稻浪，一层层地从雪峰山的周遭涌上去的吧！

◀ 杨进汉 摄

进入新化地界后,我的担心复又重来。山间坝子里一丘一丘的梯田,大多数都只剩下了黑色的稻茬。稻草把像卫兵一样列队站在田埂上,高高的稻草垛堆在长满了杂草的路边,或把一棵树当作了主心骨。一大群花白相间的鸭子,或动或静地浮游在稻田的水中。似画的补白,却更似点缀。若不是它们,稻田一定显得空荡而寂寥。

我在心底作了最坏的打算。

当汽车在紫鹊界梯田中的盘山公路上,像甲壳虫一样地爬行时,我一直紧张地望着窗外。可窗外是一派浓浓大雾,能见度异常之低,只觉得汽车驶进了一个雾的国度,恍惚驶进了仙境。

我急忙拍了拍售票员的胳膊,问她,这里的稻谷还在吗?

大部分都还没有收割。只不过被雾给遮住了。

她指了指窗外,如此答道。

惊世骇俗的重逢

遮天蔽日的乳白色的雾霭,像一个弥天大谎,把我们罩着。根本分辨不清南北东西,也分不出到底是云还是雾。天地混沌,以为梦境。看不出天有多高,地有多远,唯有一截不知探向哪里的路,在我们脚下曲折地向雾里延伸。好在山上的路并不复杂,大道仅有一条。道边不时隐约浮现梯田里的稻子,它们虽裹着一身雨雾,湿漉漉的,却仍是一派灿烂。低垂的头颅,无言的

▲ 春耕图　杨进汉 摄

　　谦卑。我知道眼前浮现的，只是冰山一角，超乎想象的壮观景象，被云雾埋下了一道深深的伏笔。这笔调，陡增几分神秘。不时也会有半角屋檐，从近处坡坎下的树林中，露出半个影像。这情景，估计是谁都会将那句"白云生处有人家"的古诗脱口而出的，不需作半点思索。

　　云遮雾绕下的紫鹊界，是一座波峰跌宕的大海。那半截路，是一条小小的舢板。我自觉像个驾着云朵的神仙，却做着凡人的事情，在雾中找寻投宿的客栈。不知绕了多少个弯，走了多远的路，终于在雾中见到了一盏影影绰绰的红灯笼。巧得很，这客栈，正是我要找的那家。去年，我在此住过一宿，感觉还满意。这客栈，恰好位于紫鹊界梯田核心景区老马凼观景台之处，离九龙坡、贡米岭和八卦冲等几个观景台也都十分近便。

　　安顿好后，迫不及待地来到老马凼观景台。

　　望见那块刻有"老马凼"的巨石，和那些被淋得湿漉漉的黑皮栏杆，就将我记忆中那个紫鹊界打捞了出来。现在，是记忆与现实重逢的时候了。紫鹊界的云雾，确乎像大海里的浪波，是一浪接一浪，一波接一波的，只不过一个是有声的，一个是无声的；一个是厚重不可抗拒的，一个是轻柔不可懈怠的。两者之间简直不可同日而语——然而就是在浪波与浪波之间出现的那一点空隙，大地露出了真容，如同一条把头部浮出大海的鱼。当老马凼对面的龙普村在眼前渐次清晰起来的时候，我以为是记忆复活了。向山上跑去的云雾，只是这一年来漫漶不清的时间。

026 | 江心洲上的春天

奇迹就是这个时候出现的！当成百上千级、成千上万级梯田从云雾中突然现身时，如果你不在现场，如果你不是目击者，你永远无法体会到那种磅礴之美！那种古典之美！从天上铺排下来的梯田，全都涂抹着金黄灿烂的色彩，像极了从云端徐徐展现在人间的一巨幅国画。此画纵横捭阖，视野开阔，气象万千，气吞万里，气壮山河，如群马奔腾，霞蔚云蒸，江河倾泻，可那画中流动的色彩，分明又是沉着的，宁静的，细腻的，甚至还有那么一点苍茫。简直是笔笔到位，点点传神。细细观来，梯田的整体与局部搭配有如天成，厚重却不失秀丽，浓墨重彩却不乏轻盈，慷慨陈词却不少委婉，古典优雅却也不缺现代的意识流……处处都如神来之笔！虚实相生的手法勾勒出来的沉甸甸的质感，从画面散发出来的阵阵扑鼻的清香，空气中流动着的无穷无尽的韵味，岂是画家一只秃笔可为？尽管那是我已熟悉的景象，尽管那景象已在我梦中反复出现，尽管我已做好了心理准备，但它还是把我重重地撞击了一下！因那熟悉的，似又全然陌生；因那梦中的，究竟比眼见为实的虚无缥缈；因那美，是百看不厌，是越看越美的！

望着那似乎不着边际的，一头连着云端一头连着人烟的梯田，望着那梯田里沉稳不动似又起伏连绵的稻子，望着那梯田中央如浓墨点缀的旧房子，我很想将我的真实感受忠实地记录下来，却找不到合适的词语。平日里在我脑海里沾沾自喜，不可一世的形容词们，此刻不知道是因为惭愧，还是因为怕我不能把它们很好地组合在一起而担心，竟集体失踪！

大地的表达方式千奇百怪，多姿多样，随性所致，随心所欲，以至于大地所呈现出来的形态，亦是无以穷尽，无以名状。我无法辨别，大地在紫鹊界究竟使用的是哪一种修辞手法，是比拟、比兴、排比、夸张、图画数据……一定没有哪一种单纯的手法，可以将紫鹊界蔚为壮观，令人叹为观止的气象酣畅淋漓地表现得出！需补充的是，不管大地的形态如何离奇，如何怪诞，如何惊艳，如何貌美，紫鹊界都是最令人沉迷陶醉的一块土地。

任何一个对美有着感知的人，在这样的时刻都必将处于失语状态，而不是妄自在这千古清幽之地，肆意叫喊。

恍惚之际，山下的云雾再次笼罩了龙普村所有的梯田。刚刚出现的那一幕，似乎仅仅是一次灵魂出窍，一次异想天开，是出现在雪峰山下的海市蜃楼。这里似乎从来就是一个云雾之国。可不一会儿，又有盛满金黄色稻子的梯田，迢迢地从云雾里恍然若现了，像浮现出海面的岛屿。这一幕幕地变幻，多像一出川剧里的经典剧目《变脸》啊。

变幻无穷、神秘莫测的云雾，勾起了我对那些建在梯田中央的板屋的向往。我自顾猜想，那些终年出没于云海的人，是一些什么样的人呢？

云是幕布，雾是烟火，人间的悲喜剧，就在这方舞台上经久不息地上演着。

夜晚的紫鹊界，像极了黑沉沉的天幕，随意镶嵌着几颗寥落的星子。若不是隐约的狗吠和山脚下偶尔绽放开来的几朵烟花，根本不会有人相信，如此宁静的地方，会是那个等同于世俗的人间。

生活的温度

次日清晨，云雾并不多，水车镇远近淡墨色山峦，皆可一眼望见，皆可信手拈来，直接入画。隔着八卦冲与老马凼遥遥相望的众多山脉，让我一下子想起中国西部那些活在世世代代藏族人信仰里的神山来。说不清有多少匹，重峦叠嶂，犬牙交错，却又层次分明。龙普村以及客栈所在的石丰村的梯田，也都生动地毕现于眼底。我简直有些不敢相信。那是哪个大师从琴弦上挥出去的一首首曲子，有序地飘落在山势间呢？我是一次又一次地被它深深折服了，惊叹不已。只是那天空依然是阴沉的，说不定什么时候，就会落下雨来。可就是这阴沉，尤让梯田里稻谷的光芒愈加灿烂。

说话间，山间坝子里，又起了一湾一湾的河雾。

店家站在门口说，这是观看梯田的好时候。可惜是阴雨天，不然可以看见日出景象了。

我决意到龙普村的梯田去实地勘察一番。看看那国画的精髓部分，究竟是怎样耐看？找到一条狭窄的泥土路，深入画里。那路，更像一条虚构的通向白云深处的梯子。当你走了一段，再回过头来审视，它已经不见了。因它就是一条田埂，埋伏在稻子和草丛里。接连的阴雨天气，并未把它泡糯酿软，走起来不沾泥，也还便当。只是稻子和野草上凝重的露水，唰唰地把个裤腿和鞋面不一会儿就给濡湿了。也有惊险之时，那是从一排梯田

▲ 紫鹊界野山羊　向迅 摄

▲ 资源龙胜　　杨进汉 摄

　　下到另一排梯田的时候，路是急转直下，陡峭异常，一不小心，就会扑通一声落入水田了——那几天，在长沙还穿衬衣，而紫鹊界竟已带了些寒气。当地人都已穿上了厚厚的衣裳，我也不得不把携带的所有衣裳全部武装上。

　　深入田野作业，确乎比只站在观景台拍照来得深刻。最大的收获，是可以更为深入地理解这里的生活。历来经验告诉我，只有感知细节，才能触摸到生活的温度，读到生活全部的真实，走进厚若皇天后土的历史。

　　接近一个院落的时候，两三条"土著"狗在一片汪汪的狗吠声中从院子里作势冲将过来。惊觉间，却被一个老妇人用响篙给赶走了。虚张声势的狗，把一大群绒毛花白相间的鸭子，冲撞得嘎嘎直叫。这些狗们，一定是见惯了异乡来客，懒得跟我们较真。身子挨着墙根，远远地低低地叫着。我便从容地站在院坝上拍起了坡坎下的梯田。那是一个取景的好角度。坝子里的云雾，已顺着山势像龙一样凌空驾了上来。淡淡的，营造出一些好意境。

　　那些由板屋组成的院落，远远地看，一派安详宁静，酷似神仙住所；走进了，才发现它们跟鄂西山地的那些吊脚楼一样，周身漫溢着浓郁的烟火气息。远看只是一味羡慕，想当然地认为，他们的生活是多么与世无争啊！走进了也才发现，大部分房子都已很是破败颓唐，好些多年不事修葺，仅仅剩下了一副旧骨架，摇摇欲塌。看来，生活于斯的人们，并不像我们想象的那般快活似神仙。可那些旧房子所折射出来的沧桑的历史感，让我们这些山外来客，忘却了无声的太息和无言的沉重。

　　我仔细观察过那些板屋，它们与两明一暗建筑格局的吊脚楼多有雷同。只不过这里的板屋都是"明亮"的，堂屋与正房在一条线上，不像吊脚楼的堂屋，与两间正房构成了一个"凹"字形。

在狭窄的泥土路上行走着,从田埂上垂落下来的稻子,总是蛊惑着我。我时不时地要摘上那么一两粒稻谷,放在嘴中品咂着。紫鹊界的稻谷是出了名的,就这样生吞活剥地咀嚼着,竟也满口生津。别有一番滋味。这是一条重新认识粮食的路。我想,这世间恐怕再也没有比那些横亘于粮食之间的路,更艰辛,更幸福,更美丽的了!路上,五音不全的我,竟然有着强烈的唱歌的欲望。我听过当地人唱的山歌,有情有义,是从云端里落下来的,是从溪水中飘出来的,明显带着渔猎时代的生活韵味,十足的原生态,十分的悦耳入心。

可还是有一些担心,时不时袭上心头。我在一些稻田里,发现了好多稻穗已经变黑,显然是因雨水过多来不及收割,在稻田里霉烂了。现在稻谷已经成熟,正是收获季节,若错过了最佳时间,损失无疑是严重的。对于辛苦劳作了一年的种田人的打击,无疑是巨大的。

在一座位于一道高高的坡坎下的破败的院落里,我见着了一个面目慈善的老妇人。我已忘记了是怎么与她攀谈起来的。我只记得我问她贵姓的时候,她用新化普通话重复了好几遍,在我仍没有听清楚的情况下,蹲下来,拿着一把不知是用来做什么的小刀,在院坝里的泥地上,于一撇一捺的起落间,写下了一个规规矩矩的繁体"楊"字。很有一种古典之美。我莫名惊诧。向来,雪峰山下是梅山武术的策源之地,板凳武别具一格,山歌也是远近闻名,没想到这里还有习字传统。在很多僻远的乡村,如这老妇人一般年纪的人,是很少识得字的。

同样让我惊诧的还有一个为我赶狗的老头,竟然说得一口流利的普通话。在我的行走印象中,乡下人说起普通话来,都是很蹩脚,很滑稽的。

消失的背影

不知不觉间,我已深入了龙普村的中心地带——那是我在老马凼观景台觉得最有意味的地方。那一处正被雾水缭绕的山湾里,好几栋板屋在视野里若隐若现。那些房子,和紫鹊界大多数房子一样,都是建在一道高高的坡坎之下。那地基,显然是不知下了多少功夫,从坡坎处硬生生掘出来的。当时我就疑惑,他们为什么不在平坦处建房子,非要选择那些地势最不好的地方呢?现在我才明白,他们的选择,是遗传的,是没有选择的。

早在2000多年前,在那些苗瑶人还没有逃来的时候,这里还是一片荒

◀ 百家田　杨进汉 摄

蛮之地，漫山遍野都还是茂密的原始丛林。可有一天，大批陌生的苗瑶人打破了这里亘古的宁静。筚路蓝缕的他们，携带着简单的生产工具和种子，惊惶失措地遁入此地，以为逃到了世外桃源，再无性命忧患。为了生存，忍辱负重的苗瑶人不得不横下一条心，开始着手实施把青山变成良田的伟大计划。他们在此披荆斩棘，风雨兼程，营造崭新的家园。每一寸土地的开垦，都不知淌下了多少汗水，被荆棘划破了多少道口子，流出了多少咸腥的鲜血！这是多么来之不易啊，所以当他们从云端里把这一片梯田开垦出来的时候，他们又怎么舍得将用于寄身的房子，建在梯田稍微宽敞一点的地方？在他们眼里，在那个年代，活命比睡觉更重要，延续生命和火种，比追求生活的舒适更迫切。

　　想到这些，我不得不佩服苗瑶人超乎寻常的想象力！他们刚刚来到这里的时候，他们的后脑勺上肯定还长着一双眼睛。风声鹤唳、草木皆兵的幻觉，肯定时时产生。食不足以果腹，夜不敢久寐。似乎被逼入了一个绝境。然而就是在这种极大的险境之中，他们竟然把不着边际的青山，仰望成了一丘一丘的田地，仰望成了一垄一垄的水稻。那是需要何等的勇气！比釜底抽薪更决绝，更悲壮；比愚公移山更坚韧，更感动，而智慧比其愚公又何止高出一千倍一万倍！

　　雪峰山脉，无形中成为了苗瑶人的"马其诺防线"。可无论山脉怎么茂密，怎么高不可攀，都是漏洞百出的，官军最终又追杀过来。可怜的苗瑶人不得不再一次舍弃家园，向着前途叵测的南方逃匿。我能够想象得到他们流离失所的狼狈样子，想象得到家破人亡的他们是如何悲伤，想象得到他们弱如草芥的命运，是如何在中国最早的帝国的版图上漂泊！为什么一个堂堂正正的中央王朝，就不能容纳下这些含辛茹苦的"南蛮"，心胸未必太狭窄了，手段未必太卑劣了,为何苦苦相逼,乃至赶尽杀绝呢。谁也没有权力驱赶原本生活于斯的土著民族,谁也没有权力抢占他们的家园和土地。一个王朝对待它的民族和人民的气量,最终决定了它的气数。

士可杀,不可辱。家园可占,性命可丢,可精神永不可杀可占可丢!我想这也是苗瑶人逃到广西一带开垦出了另一块紫鹊界梯田——龙胜梯田最大的精神支撑,也是紫鹊界后来的开垦者继承的一种精神信仰。正是因为这种不灭的精神,我们才得以看见眼前的壮观景象,才得以记住一个民族——即使在紫鹊界早已见不着苗瑶人,但他们的背影不会在紫鹊界消失。每一块肥沃的田地,每一根金黄的稻子,每一缕薄雾般的炊烟,都是他们的背影,都是他们生命的延续。

从那几户人家的院落里下来,在那唯一的一条通向山脚的泥土路上,我们碰着了一个挑着一担尼龙口袋的中年男人。那时道上雾正浓,他就那样一头雾水地从雾中向我走来。

我问他八卦冲怎么走?他停下来,说倒是有一条小路可以从山脚穿过去的,可现在下了点小雨,雾水又大,草木又深,很不好走。

看着他消失在雾中的背影,我想起了那些消失在历史迷雾中的苗瑶人。

很有一些怅惘。

掌故与悖论

那个晚上,我在客栈里偶然发现了客栈的名字,竟出自谭谈的手笔。确乎有些惊讶,德高望重的作家谭谈,果真是天下谁人不识君啊!我多次在上下班途中,遇见一身朴素的谭谈。很多人都说他朴素得像个农民,可有多少人知道他为一个省的文艺事业所做出的重大贡献呢!他的可贵,我觉得还不是那些贡献,而是从来不求回报。我为在这个僻远之地,见着他的笔迹很有一些兴奋。寻着吃饭的机会,向店家打听起谭谈来紫鹊界的情况来。我的冒昧,引起店家警觉,直至我介绍了个人的一些情况,才向我叙说了谭谈为客栈题字的掌故。

木格窗外,远雾弥漫,泉水淙淙。隔壁的广东客人已经离开了。没了他们的吵闹声,紫鹊界自在寂静。

不知为什么,白日里屡次在途中遇见的那些板屋一再浮现于我的脑海,我再次匆匆记下了一点不成形的,明显带有重复痕迹的思索:

▲ 杨进汉 摄

　　遇到很多老房子，都是一些弥漫着浓郁的烟火味的板屋——它们已经被岁月熬成了一层陈旧的黑色，吸附了太多太多的人间烟火气息，而蜕变成了人间烟火的象征，成为了人烟的象征——我在山间坝子里看见它们，在河岸看见它们，在梯田中央的土坡下看见它们。它们像长满了皱纹的老祖母，于平和孤独中默默地坚守着一种朴素的信念——是任何一个远离故乡的人看见了，都会生出亲切和暖意的。至少在我的心里，看见它们，心里油然而生久违的一种故园情结，有一种难以言述的暖意漫溢在我的胸间，滚热的泪珠就要顺着被山风呼呼吹着的脸颊滑落而下——但我清楚这些不知为多少代人提供过庇护的老房子，迟早有一天会在我们的视野里消失殆尽。因我在途中望见了太多的老房子，那些经受过人间阵痛，经历过出生与死亡的老房子，都已倾近坍塌。它们经历了太多的风霜，经历了太多的雷电和雨雪，有的已经没有了门，有的没有了窗，有的整个房屋倾斜成了一个岌岌可危的角度，有的已经荒废了不知多少岁月，就如那些落光了牙齿，豁着嘴唇的老人们，说话已经不把风。当然，还有一些幸存者，还在被继续使用——这或许是一种无可奈何的选择——门楣上贴着红红的对联，堂屋内供奉神位的板壁上贴着大幅毛主席像，虽然从颓然的大门里望进去，空间显得异常狭小，光线也十分暗淡，但仍是最具人烟味的地方。我知道这样的老房子，在当地百姓中，一定是贫穷的象征。他们都在努力地想修建起宽敞明亮，看起来颇有一些洋气的水泥房——如今，即使是那些远离马路的地方，都矗立起了一些墙壁被刷得雪白的复式楼房。有的干脆就是建在老房子的隔壁，或者将老房子夷为平地，在原来的地基上重新修建，像老房子的一次浴火重生。看见这些，我的心情是复杂的，也是矛盾的。我是多么希望这里的人们都能缩小与城镇居民的差距，过上他们理想中的富足生活；同时又希望那些老房子继续被世世代代居住下去，永存于世。尽管它们在那些洋房前显得没落和暗淡无光，但

第三个地方 | 033

▲ 第一次日出　杨进汉 摄

它们除了具有与洋房相同的实用价值之外，还具有洋房不具备的建筑学价值、人文学价值、民俗学价值以及审美价值。这是人类不可多得的物质文化遗产，是民俗文化的活化石。

在这块大地上，唯有这些板屋与泥土房，真正与泥土融为一体，与我们悠远的历史融为一体。如果哪一天，它们真正彻底地从大地上消失了，我们的心里肯定有一种如同被连根拔起的感觉。它们的荒芜，在时光里坍塌，像一声声叹息。最终沦为一堆堆无法被复制被想象的废墟。那将是怎样的无奈，怎样的荒凉，怎么的无法言述，怎样的不可归去？

看着给

住了两宿，决定换一家客栈。一是现在投宿的这家，号称整个市里唯一的一家四星级农家乐，黄金周期间的价格贵得离谱，二是想体验一下真正的农家生活。我一早拿定了主意，背着行李，来到了贡米岭。前几日经过这个地方，就看见了道边竖有一块"贡米岭客栈"的招牌。招牌之下，是一条漫长的石梯，可直通山脚的锡溪。旁边有一块水泥浇筑的平地，那就是贡米岭观景台了。此处地势险要，海拔比老马函不知高出了许多，大有将紫鹊界的梯田一览无遗地野心。

我想那么大的一块招牌，对应的客栈也该是上了些档次的吧。招牌上明明写着豪华套间、豪华标间等客房门类，我还担心那价格是否和山下那家一样离谱呢？可从一开始就印证了这种想法只是想当然的。望着那两栋貌似客栈的房子，就立在一道坡坎之上，却不知如何过去。横在眼前的有两条路，一条是通向九龙坡的石梯，一条是铺着石块的泥土路。凭我的经验，那些石块都是刚刚从山里开采出来的，还很新鲜。从石块中分出来的那条逼仄的路上，泥浆重重。一脚踩下去，可以想见鞋帮上是怎样的窘态。我以为是那条干净的石梯，走了几十米远却被喊了回去。一个系着围裙的妇人站在泥土路上。显然，我判断失误了。

  由三间正房和一间偏房构成的院落，被收拾得干干净净，虽然院坝还是泥土，不曾用水泥铺过。依然是有几只狗四处窜着，发出汪汪的警告，终究被妇人用响篙佯打开了。阶檐上，堆着一溜码得整整齐齐的煤球，门槛边散乱摊着一些生了霉的玉米棒子。堂屋的右边放着一个在城市里常见的玻璃柜，里面摆着香烟与槟榔。左边堆着一些杂物，墙壁上挂着斗笠与草帽，角落还放着桌椅。一看房间格局，就知道这并非我眼里的客栈，而是实实在在的农家了。不过，比较起其他我在紫鹊界见过的房子，这户人家已经是很洋气了，毕竟，房子看上去是按照当地人的眼光认真打理过的。再说主人还有这样接待游客的眼光，足见其精明和能干。

  妇人带我去楼上看房。穿过堂屋前往楼上时，惊起屋后檐沟里的一群鸭子。啪啪啪地溅起一片水声。

  楼上格局竟与鄂西吊脚楼的格局惊人相似，两大间正房被分成四间客房。我跟随妇人把个客房看了个遍，选定了一间靠窗的。问她价格多少。她很有一些不好意思地说，看着给吧。我的心里一阵热乎，感叹果真是朴素的农家人啊，并联想起了作家丹增在一篇名为《丙中洛》的文章中，所描述丙中洛人"随便"的生活态度。在那个遥远的地方，包括价格在内的许多事情，都是"随便"的。看了丹增先生的文章，我对丙中洛万分神往，可那时，我想告诉他：天下的淳朴之地，不止丙中洛一处呢。推开木格窗子，一片翠竹尽收眼底，整个紫鹊界云雾汪洋。

  下得楼来，与妇人交谈。得知她的儿子、儿媳以及孙子都在深圳，女儿今天回来。我告知她，中午要在她家里吃午餐，让她准备一下。她就转入厨房忙碌去了。

  中午，我从梯田里游玩回来，见着了妇人的丈夫——一个五十多岁的精瘦小老头，一身标准的农民打扮。我无法将他与眼前宽敞的房子联系在一起。不过我们还是站在院坝里聊开了。

▲ 杨进汉 摄

男主人姓罗，他说不仅石丰村、龙普村的人大都姓罗，就是放在水车镇，罗姓也是一个大姓。我一直以为紫鹊界居住着的即使不是苗瑶人，也该是其他少数民族，出人意料的是，他们罗姓人都是汉族。他说这里没有苗瑶人了，仅仅剩下了像"瑶人冲"这样的几个地名。他说家里有五亩多地，前两年种过红米，今年改种黑米了，都是有机米。稻谷收割后，有公司统一来收购，一年的收成还不错。我问他这几天的雨水天气对稻谷产量有没有影响，他的回答让我的担心略感多余。最让我动心的是，他说他们吃的菜是自己种的，煮的米是自己地里产的，喝的茶也是自己用手做成的。这是一种什么生活啊，不是典型的自给自足的生活么，几多惬意啊！

我给他提了几条建议：把路修好，把客房搞得再规范一点，搞一个菜谱。他给我指了指那些堆在路上的石头，说是专门从外面买进来的，以用来打院坝的堡坎。他的规划比我的建议要大胆得多。可以想见把那个堡坎打起来了，这个本已不窄的院子，将是如何宽敞了。

说话间，一个年轻女子从那条石级路上轻车熟路地走下来，随后马路上响起了一阵轰隆隆的摩托车的马达声。原来是女儿女婿回来了！一家人站在院坝里嘘寒问暖了一番，派烟的派烟，倒茶的倒茶⋯⋯好不亲切。随后女婿陪着丈人到屋里说话，女儿跟着母亲到厨房打下手去了。

因为女儿女婿的到来，屋子里不再冷清。那种氛围，愈加不像客栈了，而我就像远道而来的客人。这种错觉是浓烈的。那女儿原来也在深圳工作，后来随着丈夫在市里生活。我清楚记得她曾这样问我：你是从哪里进来的？我很高兴，她用的是紫鹊界的说话方式。紫鹊界不仅仅是梯田的世界，也不仅仅是雾的王国，还是山的海洋。不管你把目光怎样放，那或浓或淡的山，都会不请自来。倘若没了那些山，紫鹊界人将如何安得下心来？他们开口问山外来客，就是一句哲学术语。

中途又来了一拨前来吃午饭的客人，他们在饭桌上吃喝得热热烈烈。陈设简单的厨房里，不时飘来阵阵菜香。我绕到厨房，指着几个炒熟了的菜，问那罗姓男主人，一个菜多少钱？他边往灶膛里添加柴火，嘿嘿笑着说，看着给吧。一次在路上，遇见一个在溪水里洗红薯的妇女，用清澈的溪水把个沾满泥巴的红薯洗得干干净净，看着就喜欢。有人上前欲用一块钱买两个，那妇女硬是不要，说这红薯不值钱，你随便拿几个就是。

午餐看起来素朴而又丰盛。只不过那些菜不是我点的，是他们从那一桌吃客的份里分出来的一小份。各自用碗碟装了，颜色尚好，却不怎么合我

▲ 杨进汉 摄

口味。根据经验，在外地吃饭还是简单的好，大多数菜说起来好听却不见得好吃，所以晚上当我从外面回到客栈时，我就点了两道菜：一个豆腐青菜汤，一个清炒土豆丝。那男主人却说，饭菜已经熟了，是不是跟他们一家人一起吃算了？考虑到那妇人做饭不易，我同意了。大家围坐在一起，也算热闹。不过那些菜，确实不怎么下饭，我简单地吃了一点就放下了碗筷。更让我不快的是，那个看起来一副读书人模样的女婿，在饭桌上说起中午那伙人吃饭了给钱是如何不恰当，以后要算多少多少钱一个人。那明明是旁敲侧击，敲山震虎说给我听的嘛。原计划是多住两天的，因了这原由，我决定第二天即打道回府。

第二天一大早，我就在楼上听见了那女儿女婿告别的声音。他们到县城去了。等我收拾妥当，已是八九点钟光景。匆匆吃了一碗面条，就与男主人结账。他还是那句话：看着给吧。之前，我已经合计好了，按照那家四星级农家乐吃饭的标准，给他们算了一个比较合理的价钱。我将那些远远高于"看着给"的钱递给男主人，不曾想到他却推过来说道：应该给多少多少吧。意思是我给得太少了。我给还了十块钱，他同意了。结果他在找钱给我的时候，还是按照他的价格给找了。

我什么也没说，背上行李，头也不回地走了。我不是替那多给的钱不快，而是略略地为紫鹊界感到了那么一点悲哀。

虽然这里离城市文明确乎遥远，可那条通往城市的公路，究竟是将原来的那个紫鹊界的宁静给打破了。

▲ 杨进汉 摄

悲壮的现实主义

在九龙坡观景台，碰见了一群人，一看那架势就知是从外地赶来看梯田的。

其中一个中年男人发问：紫鹊界为什么叫紫鹊界？

一个导游模样的年轻人答道：是因为这里有很多紫色的喜鹊！不过我们当地人也很少看见它们。

群人首肯，信以为真。我却忍不住扑哧扑哧地笑出声来。

去年来紫鹊界时，我们那伙人不明真理，也做过如此忍俊不禁的推测。好在前一日下午，我恰好在锡溪之上的烈士塔前的一块碑文上看见了有关紫鹊界得名的一段文字，我摘录如下，以正视听：

紫鹊界地名则来源于"长茅造访"。明正德三年（1508）大旱无收，李再万领导元溪（锡溪、奉家、罗冲、江东）饥民起义，以长茅界为根据地，万被诱杀；李再昊起而代之，又被诱杀；昊子李廷禄继之，声势更壮。至万历十一年（1583）李廷禄被知县姚九功诱杀为止，前后竟坚持长达75年之久，实为世界史所罕见。由于他们出击时常施放大批纸鹊、纸马，以壮声威，故有纸鹊界（又名"纸钱界"，今人改"纸"为"紫"）、散嘎纸等地名之称……

我们的无端猜想，是浪漫主义的。

可真正的原由，却是充满了悲壮的现实主义。

让我们记住那句刻在石碑顶部的话吧：

历史昭示，世代珍传。

补记：另外一条河流

  从新化县城抵达水车镇的紫鹊界梯田，虽只有两个多小时的路程，却显得山高水长，惊心动魄。时时又被沿途不可多得的美景所迷惑。就在你担心汽车快要跌入河谷的时候，一方天赐山水，惊得你半晌失语。看来这道途艰难险阻的程度与风景的好坏，实在有着很深的渊薮。

  我曾在梯田中的下榻处，记下了这样几段潦草的笔记：

  那是陷在一道河谷里的绝路——那条显得有些压抑的路，就筑在一条河流的堤岸上——那是一条什么河呢？我曾问过售票员。只记得她若有所思地应答：叫——我也不知叫什么。很有些惭愧的样子。我颇有些失望，却还是忍不住扑哧一声笑了出来。大概是为售票员作为在这里生活了几十年的本地人不知道河流的名字吧！可是后来我又想到，在我的老家鄂西，除了那几条大河以外，其他的小河小溪都是无名的，谁能叫上它们的名字呢。或许他们认为那块土地就该是有那么一条河流的。从这一点而言，这恰恰是在佐证河流存在的合理性，没有人质疑它们的存在。正是有了这些无名之河，才有了三湘大地的四条著名的水系，也才会有长江与黄河——有人插话道：这也许是资水吧！我曾经在益阳境内见过它。那里的气象，已远非娄底境内的河道可比了。对于他的猜测，我是认可的。倘若它即使不是资水，肯定也是资水的一条重要支流了。

  因近两日下雨的缘故，河流里涌动着浑黄色的浪波，激流处因那些突兀的石头或因小小的落差，激起了层层浪花。

  对峙在河流两岸的山脉，起伏连绵，公路靠山的一面，多处如刀劈斧剁一般，森然撼人。道路的前方，似乎永远堵着一座山，绝无看见开阔处的希望。从一狭长的河谷中走出来，紧接着又进入另一条狭长的山谷。汽车就是在这种循环往复中左突右冲。

  若攀上山脊俯瞰深陷河谷的公路，看见的恐怕是另外的一条河流。

  但凡遇见坡度稍微缓和一点的山坡，便出现了梯田与人烟。山脚与河谷的交合部，被开垦出了一小丘一小丘的梯田。有的堆着稻草把——那是刚刚收割过的稻田；有的生长着青青的菜蔬，或者是墨绿色的红薯地。而那些房子呢？多半修建在河岸的峭壁上，真是风景孤绝处，揽尽了河道风景。我屡屡替它们捏一把汗,要是这条河哪天涨一次大水,那些岸边的房屋岂不是危乎哀哉?可转念一想,我的担心大概是多余的——河岸边的绝大多数房屋,都还是旧式的板屋,外貌多呈黑色,且很有一些破败,那显然是不知住了多少代人的房屋了。历代经验告诉他们,河水即使涨到最为紧张的界限,也不会超越他们房屋的台基。这是最基本的生存经验,也是最朴素的民间智慧。

终于从那狭窄的河谷里走出来,视野也从逼仄中走了出来,大有豁然洞开之感。山间坝子里出现了大片平坦的稻田。这种过程,与苗瑶人从北边为避官军追杀,逃入这僻远的深山,开辟了这一片神奇的土地的过程,是何其相似!

这不仅是一种生存环境的变迁,更是心灵史的变迁啊!

令人回味的是,居然在途中还遭遇了文田和白溪两个小镇。它们给我的印象,就是一面临水,一面靠着高低起伏的山脉。仅有的一条街道,也是来往车辆的交通要道。我从没有看见那么多背着背篓、挑着担子赶集的人群,是从哪里冒出来的。

▶ 紫鹊界的生灵 向迅 摄

▲ 龙门石窟大门　向迅 摄

最早的中国

生活于这片大地上，我总觉得有一种神奇的令人匪夷所思的力量，在冥冥之中左右着我们的行动。犹如命运之神在人诞生之初就把他们一生的脉络已经清晰地安排好了，那种如上帝一般无所不在的力量，会在某一个时刻突然显现，改变我们既定的计划。那突如其来的改变并不是把你卷入无边的苦海，而是达成了一件你预谋已久却不得实现的心愿。一个个心愿仿佛就在大地的某一个角落，等待着你千辛万苦前去认领。

我们人类就是在这种不可预知的命运和行程里，才得以认识世界，认识自己。入冬以来，大地上已经落了好几场雪，可我仍时时记惦起去年秋天的那一次漫长的旅行。即使把时间再翻过半个世纪，只要我还幸存于世，我相信我还能记起我坐在车窗里，像上帝一样坐在一把椅子上，穿过大地时大地唤起我心灵的瞬间感受。我不是上帝，我既不能拯救人类，也不能轻轻擦掉大地上正在发生的有违真理和正义的各种不幸，然而无论如何，我都是与窗外的泥土和有泥土一样面孔的人走得最近的人。

从内心而言，我根本不想把任何一次外出都称为旅行。每一次外出，何尝不是对大地的一次朝圣，对心灵的一次洗礼？我无意指责那些轻浮之人，仅仅是走马观花就大言不惭地吹嘘走遍了一个国家；更不愿对那些仅仅登上

▼ 洛阳牡丹　曹庆红 摄

一座雪山的峰顶，就叫嚣着征服了整座山峰，乃至征服了大自然的人进行责难。远行可以让我们获得神性的力量，但不是每一个人都有那么幸运。因为浅薄与无知，容易促就狂妄自大。

那时节，我正在中都洛阳。天高云淡里，雍容华贵的牡丹花早已开败，十三朝古都蒙上了一层淡淡的烟尘，白马寺在夕阳的斜晖里一半是金色的一半是暗淡的。我本无心附庸风雅地恭维牡丹之华美，也无心考察现代都市与古都结合的残缺与完美，所以那个在偌大的城市里显得有点孤零甚至有些鹤立鸡群的白马寺，才稍微引起了我的一点兴趣。然而，直到我走出白马寺留在地上或许也是留在历史里的阴影，走出洛阳城看见那些正生长着稀疏麦苗的大地的时候，我才知道即便是在一锄头下去即可挖起一个朝代的地方，我心里喜欢的仍然只有什么。

在中国那么广阔的大地上，洛阳最先升起了文明的太阳，最先接受了文明之光的照耀。中华文明发迹于此，形成中国最早的城郭，被称为"最早的中国"。

当你站在这样一块被我们称之为文明的因子滋养和浸润的土地上时，当你觉察到数千年的历史正从你的足底向身体一点点侵入时，我不知道你是否感觉到了肉身的沉重与呼吸的急促。有那么一瞬间，我只觉得似乎有一个气场逼迫得我说不出一句话来。在那一片苍茫的天地之间，我像一株刚刚探出脑袋的麦苗一样，卑微而渺小。可同时似乎还存有一个气场，又逼迫着我呐喊出翻滚在心底的声音……

在由层层历史和不同朝代堆积而成的泥土上，生长庄稼，生长文化，生长圣贤，却不适合一个突然的闯入者进行思考，那只会陷入一片荒芜的绝境和痛苦的深渊。这种状况非常类似于一个国学初学者，在卷帙浩繁的古籍经典面前，一定是茫然失措的。因为这个缘故，我曾有些偏激地认为，当一块大地承受过于厚重的文明的时候，已不再是富庶的表现，而是一种精神上的压抑。不过，现在我已有所修正。

只要人类存在一天，文明就断然缺少不得。这或许算得上一条真理。可不管人类的文明发展到多么高的程度，也不管人类的精神最终呈现出多么斑斓的形态，但这两者的存在都是以大地的存在为前提的。这种说法会让人误以为我忽略了人的主观能动性，而换一种说法即人无论如何都离不开大地，离不开那一抔抔既滋生生命也掩埋生命的泥土，可能要客观一些。

许多年以前，我对大地上遗存的那些古迹总持有一份特别的情感，很多时候都是怀着膜拜的心情予以瞻仰。然而这些年来,我一直在思考大地与文明的问题,终究得出了愚蠢的结论:对于人类而言,大地存在无限种可能,可对于大地而言,人类只是万千生命之一种,是大地养育人类在先,人类养育文明在后。况且,文明传播的方式,是心灵。一个没有文化的人,即使站在人类最伟大的古迹面前,他是不会想到文明的。所以在大地与文明之间,我更倾向于沉默的大地。

在洛阳短短的几日里,行程安排得满满当当。先是在洛水之滨参加了李贺雕像落成典礼,目睹了诗鬼在当代雕塑工匠心目中的形象,他由一个传说中长相怪异的人,变成了一个白面书生;坐了很远的车,参观了掩映在一片松柏林里的范仲淹墓,在人迹凄冷的墓园里,看见了脸上爬满皱纹的守墓人——范仲淹第二十九代孙范青城老先生;在丰腴的伊水河畔,观看了先人以信仰之斧在刀削似的石壁上开凿出的龙门石窟,发现了数以百计千计的佛像被盗了头颅,为那些无耻强盗信仰与道义的散失而扼腕叹息……

洛阳是富可敌国的,从某一个角度而论。可我不知为什么,在参观那些为外人津津乐道的名胜古迹时,心情总是带着几分沉重,只有一路上刚刚破土而出的颜色尚浅的麦苗抚去我内心深处的焦虑。它们是一小朵一小朵的春天,带来蓬勃的期望。那是实实在在的中原大地,那是最早种植粮食的大地,那是最早诞生文明的大地,可我单单被大地上的麦苗抚慰着。在古老的中州大地上,当我望见在车窗里一闪而逝的广大的田野上跳跃着一行行麦苗时,我的眼里立即浮现起了先人们劳作的影子。他们的影子和我们古老的象形文字融为一体。

我不是挥霍时间的闲人,可我不为没有吃到洛阳水席而遗憾,不为没有游完洛阳所有古迹名胜而遗憾,也不为一只摔碎在地的唐三彩而遗憾。只是在离开的时候,我更加明白了内心深处的焦虑。

历史上的洛阳早已衰落了,和中原上那些曾经显赫一时的城市一样,都蒙着一层薄薄的烟尘。或许洛阳人会告诉我,你没有看见在洛阳旧城的河对岸,已经矗立起了一座崭新的现代化都市么?如果真有人这样问,我还真不知道该怎么回答。新城是一面镜子,旧城容颜沧桑。或许我们现在提起的洛阳,只是历史上的那个洛阳,我们心里想象的那个洛阳。又或许洛阳人就是要让我们看到一个现代化的国际化的洛阳,建设一个适合现代人居的洛阳。这些都是无可厚非的。作为一个突然的闯入者,我不羡慕什么,更不抵触什么,我只是怀念那些麦苗,以及麦子。

▲ 湖光山色　周正良 摄

如坐画图

从攸县归来已有数日，却时时念起那些深藏山中的云雾与湖泊、古寺与村落。只要闭上眼，仿佛仍在画中悠游。我甚至怀疑，我的魂魄早已丢在了那里，那里的青山秀水正滋养着它，让贫血、长期处于亚健康状态的它红润起来。

是的，我把魂魄丢在了攸县，丢在了那一面碧水连天的湖面上。

车还在山道上行驶时，那个荡漾着无限春光的湖泊就在车窗外引诱着我，蛊惑着我拿起相机一阵猛拍，心扑通扑通地乱跳着，如同一个形貌丑陋的男人面对一个绝世美女。无论我如何夸张地惊讶于它的美色，它都静若处子，风平浪静地仰卧于连绵起伏的青山的掌心，被墨绿、翠绿、浅绿的山峦捧在手里，疼着爱着。

四月的攸县，十万亩青山为我打开一条蜿蜒的马路，十万亩绿色成为了我出行的背景，如两面屏风矗立左右，一路目送我去大湖。

▽杨进汉 摄

船早已等在那里，马达已经响起。

迫不及待地噔噔噔地跑到楼上，凭栏眺望没有边际的湖水。水是碧幽幽的，山是翠滴滴的，山环绕着水，水倒映着山，山水交融已显出造化的神奇。清风由远及近，吹皱了一湖春水，吹乱了几绺鬓发。

风，也是湿漉漉的，毛茸茸的。

船刚刚启动，一股脑涌入眼中、胸中的碧绿，瞬间将我淹没。我无法掩饰自己的心情，在船尾看着身后的万千波浪，轻轻闭上眼睛，任风吹拂，放任想象驰骋。这个时候，我只是湖泊中的一滴水，只是这片肺叶上不起眼的一次小小的呼吸。呼吸——呼吸——吸着碧绿的空气，吐着近十多年来郁积于心的尘垢。

船上的栏杆已经油漆斑驳，稍微一用力摇晃，就有松动的迹象，时间已经在这里露出了蛛丝马迹，而这恰好与眼下的湖泊、湖泊边的淡青山峦相匹

▲ 湖畔人家　周正良 摄

配。可是我还是贪心，一心想着要放排湖上，或者用竹篙撑一条木船去湖泊的中心。

　　坐在小木凳上，三五人围着小木桌，随意喝着船家泡的绿茶，快意地谈吐着生活。不经意的一句调皮话，如水中冷不丁泛起的一尾游鱼，亦如青山里偶然传来的一声山雀子的叫声，给人惊喜。

　　船离岸愈来愈远，人就离另一种生活越来越近。

　　船离岸愈来愈远，湖面愈显开阔，像谁愈来愈开阔的胸襟，还在逐渐放松，要将轻松的频率调到最大？两岸青山在云雾的缭绕下愈显青翠、幽深、苍茫，远远近近地，渐次有了层次，随手抓来一把，仿佛都是翠绿欲滴的春色。不见水中群鱼嬉戏，不闻山中虫鸣唧唧，那大概都是夏天的光景，可斯时站在船上，随口念出的，恐怕都是一行绝句。

　　文人相聚，特别是同船携游，雅趣自然不会少。早已有人组合了沙龙，

如坐画图 | 049

摆着舒适的姿势，兴致勃勃地议论天下事。这样的雅兴平日应当不多。尽管这是上午，光景颇好，可还是很容易就让我联想起了苏东坡贬谪黄州时，夜游赤壁的情形，想起了朱自清与俞平伯在六朝古都夜泊秦淮的旧事。我们历史背景迥然相异，但大抵总能找到某些相通之处。

不知什么时候，斜雨从船篷上落下，银线穿织的帘子让一船人离岸边的生活愈加地远。悠远无边，要是能永远过着这样的生活，该是怎样的一种惬意人生？可这只能是一时的痴心妄想，心中明白，只要一离开此地，如此如此便夫复难求，只能在梦中惦念。

天边浮云，船后排出的白浪，都是从我们身体里卸除的。卸除的越多，身体就越轻松，竟隐隐地从山水间拾起那么一方境界来。一般而言，胸襟小者，境界便小；胸襟大者，境界便大。可在这一刻，都被醍醐灌顶，各人胸襟大概也相差无几，都装着一壶碧水与夹岸绵延的青山罢了。我扶住船尾的栏杆，望着与船身背道而驰的堤岸与山脉，仿佛有什么顿然打开了一扇窗子，在我面前打开了一个全新的世界，我为此感到惊讶。

我突然想起了前一日在那座千古名刹——宝宁寺内看到的一幕：寺外细雨绵绵，寺内游人穿梭，香火缭绕在大殿小殿，可那个为佛塑身的匠人，却不为外界所动，站在楼梯上，安之若素地执刀执笔在佛的脸上，按照自己心中佛的模样为之塑容。虽然我没有那么多的时间等到他为佛生出慈悲的眼睛，但我能想象到一种宁静，一种深藏于胸的境界。

这是我一直在苦苦寻觅却又求之不得的境界！

身体里仿佛突然涌出了一股暖流，而几乎同时也涌出了一种莫名的悲哀！

四月的山中，天气多变故，雨落了一阵，又歇了一阵，天色始终不大开朗，却因水之碧绿，也不能倒映其中。不过这样，空气倒落得清新扑鼻，湖水旖旎，波光潋滟，春天尽情铺陈。这个时候的山里，该是长满了蘑菇；树林里、草丛中该是开满了野花；湖水大概也最为丰盈；湖中的鱼虾，大概也最为肥美。

岸边的山脚下，散落着三两户渔家。面朝碧湖，背靠青山，足以让人羡煞。这里时光缓慢，昼夜变更，四时交替，都与湖水息息相关。不自觉地羡慕起湖中之鱼，山中之鸟，生活于斯的渔家。这里是他们世代生活的营盘，或许他们也时常向往山外的繁华世界，但在此时此刻，却被我深深羡慕。

做一世渔夫该多好！天地是如此广阔，激起的是一弦碧涟，撑起的是一脉青山，吐纳之间是隐秘着的自然人生，俯仰之间乃清心寡淡的朴素世界。欸乃一声，山水就绿了！

◀ 花园角　杨进汉 摄

　　我曾经周游列省，走访了许多名山大川，拜见了不少古迹名胜，自然受得一二恩惠，对于我们每日与之周旋的生活感悟良多。曾经以为站在山巅，就可以将视野无限延展；曾经以为俯视山川，就可以将胸襟无限放宽。可是那些名声扬于字外的所在，早已与自然相去甚远，不再是一个可以默诵经书或养人心性的大野了。

　　许多事情，在瞬息之间已起万端变化。而眼下的湖泊，虽然在码头周围一二里许，有从山中冲下来的泡沫与浮萍，可终究还是一个人迹罕至之处。湖之四邻，除了几户渔家外，鲜见人烟。若在此久居，必能平和心态，冲淡欲望；若在此终老一生，必能得道法于自然：虽忙碌于炊烟，却能遨游于世外。

　　近些日子，心情抑郁，多有不快，心中一直微起波澜。在舍与得之间犹豫不定，患得患失。佛家说，舍即是得，得即是舍。二字虽简，理解起来却不易，实际操作起来更是艰难，不是被佛家绕口令似的话语给搞蒙了，实则是还没有真正懂得生活中最朴实的辩证法。

　　而在此山水中逗留一时，许多眉目不展的事情便豁然洞开，如被点化开悟的佛家弟子，对万事皆若有所悟。

　　以前去湘西凤凰游玩，得知在虹桥附近黄永玉的新居——夺翠楼里有一幅匾额，题曰：如坐画图。意为从任何一扇窗子望出去都是一幅绝佳的风景。如今把这四字用在这一面湖上，用在攸县藏于深山的那些青山绿水上，也最是恰当。不过，我更有这样的妄想：此情此景，是能够画出来的吗？纵是画中人杰，涂鸦之笔恐怕注定也是无可挽回的败笔。

　　在画中闲游半日，坐画观景，品茶聊天，超然之极。不知在哪里看过，说每个人在这个世界上都会找到一处属于自己的风景，那么，这一处呢？怕是每一个人都乐意将之视为灵魂的归宿地吧？

　　此画图，出攸县县城需数更方能至，至而大醉，醉而忘返，返而不识途。

　　此画图，如山中翡翠，藏于我肺腑，呼吸之间均是它的芳名——酒仙湖。

天下水

一

你永远也不会知道我的激动！因你不是我，更因你不是目击者。你猜我看见了什么？我看见了一块无比巨大的黄玉横卧于天地间。那的确是一块实实在在的玉呀，有着玉的质地，玉的形色，玉的光泽，如果把手伸下去，你触摸到的肯定也是独属于玉的体温。请相信我，那不是水，是水的骨头。只不过它是那样横无际涯的不可丈量，你如何搬得动呢？也不可能敲下来一块，牵一发而动全身呀，必会破坏它的完整性的。我怔怔地望着，将激动强压心底。

世上有一种激动，就是让你说不出话来，让你内心暗流翻涌外表看起来却无比平静。我遭遇的就是这一种。如果你有足够的兴趣，我就给你讲讲我的遭遇吧。

▲ 洞庭秋色　柳卫平 摄

那时我正站在一艘快艇的舷窗前，在洞庭湖里。快艇像一匹脱缰野马，在湖面上撒开蹄子一路狂奔。快艇犁开的两道浑白的浪花如乱云般向后排去，浊浪排空呀。飞溅的浪花，是着了色调的野草，也是摔碎的蹄音。偶然还有那么一两朵浪花从舷窗里扑进来，猛不丁扑在我的脸上和衣裳上，透心的凉。雨水落在舷窗上，舱里闷

▲ 洞庭庙　罗鹿鸣 摄

热得很。如果不是下雨，我定然站在甲板上。我在舷窗前烦躁不安，直到看见那玉。

在此之前，我试图形容我所望见的那些江河之水，却总是词不达意，尤其是在妄想形容湖泊涟漪这件事上，更是黔驴技穷，狼狈不已。我也无法精准而形象地描绘夕阳与满月。我像一个庸医，总也切不中要害。世间万象，我们知之甚少，就连将之用言语描述下来这等最为简单的事情，都显得困难重重。究竟是语言表达的范围有限，还是缺乏独到而敏锐的观察力？我时时陷入表述的困境，不能将眼睛所看耳朵所闻心里所想的付诸文字。我为此异常郁闷。昨晚散步时，我就曾指着灯光下晃动着的湖水，让岳阳的朋友形容一下？他不假思索地脱口而出，像无数条水蛇扭动着柔软的腰肢。

现在，我终于找着了一种遗落已久的感觉。对于词语的敏感。

浩浩汤汤的洞庭湖，确实是一块未经雕琢的璞玉。舷窗下正被打磨的碎玉，圆润的纹理暴露无遗。而我的激动远非仅仅是看见了一块玉那样简单。

你猜我在快艇上还看见了什么？我还看见了一川平整的田畴。不知是上天会意，还是本该如此，我在舷窗里望见的并不是一湖浑水，而是刚刚耕耘过，被耙整得糯软糯软的水田。真的，眼前所见与我记忆里的那些图画如出一辙，宛若孪生姐妹。犹记沿湘江北上洞庭时，一路上望见的，几乎都是被农民伺弄得精美绝伦的田园风光。一丘丘形状各异的水田连缀在一起，向天边涌去。眼下的洞庭湖平原，正处于一年之中最清秀的季节。秧苗远远地绿着，大大小小的湖泊翡翠一般镶嵌在田野里。黑瓦白黛的民居呢，唐诗宋词一般

沅江之上，写满光影的诗行 罗鹿鸣 摄

如同一帧帧水乡插画。不时还有一条美得惊人的弯着水蛇腰的静若处子的河流，闪烁着明亮的光弧，从恍惚的视野里一晃而过。好一派江南风光啊。

湖上景致与平原春色何其神似！

如此一对比，你肯定也有所悟，这肥美的平原不就是洞庭湖的延伸么？

快艇在湖中如鱼得水，一路劈波斩浪，可我怎么感觉它更像是行驶在平坦的陆地上？我的脑海里闪现出这样的画面：一辆开足了马力的车疾驰在积满了雨水的马路上，路边溅起高高的浪花。等等，还有一点乘坐飞机的感觉，嗯，是有这个意思。那浑白的浪花，就是铺天盖地的云朵。

水，原本就是道，就是路。这怕是让我生起这些无端幻想的根基。洞庭湖滋养了我的想象。

湖岸越来越远，偌大的岳阳城已沦为虚无的背景。

没有了岸，眼底只剩下一天一地浑黄如玉的水！

大雨不歇，酣畅淋漓地扣着舷窗，怕是天上也有一个湖，决堤了。

我的鞋子早已灌满了水。一脚踩下去，哧哧地响。鞋帮子上也溢出湖水来。

二

我并非首次见到洞庭湖，可还是冲动得不要命。如果谁在这节骨眼上敢挡着我的去路，我非跟他拼命不可！你信不信？

你肯定也不知道我与洞庭湖的渊源。早在少时诵读《岳阳楼记》，这湖就已在心底生了根，有了一个模糊的轮廓，大抵是很不一般的。这与母亲在回答为何给我取那样一个名字时所做出的解释如出一辙：过去有个很不错的读书人，叫鲁迅。她大概没有读过先生的书，对他也不甚了解，只是隐隐听说他是个读书人。做个读书人很不错呀，于是就将他当作了我人生的楷模，并将他嵌入了我的姓名，让我与他同名。

客居长沙前，我曾无数次路过岳阳，火车就从洞庭湖边呼啸而过，来不及跑到窗口瞄上两眼，那湖已不知被扔到哪里去了。其实，我是完全可以跳下车去一饱眼福的。现已在湖南生活了三四个年头，好友多次相邀前往岳阳赏洞庭秋月，尝肥美鱼虾，也一直不曾赴约。

我在心底想，迟早会去的，猴急什么。

就如凤凰吧，我就不急着去，却接连去了两次，皆因沈从文在那里。洞庭湖呢，那么多名士在那里留下那么多经久不衰的诗章，自然也是跑不了的。

闲来翻读唐诗宋词，不时会想起那湖，感觉它模糊的轮廓日渐清晰。且不管我身在何处，湖北，云南，广东，湖南？我确信极目之处，必有它投射在天空的影像。想必那些从洞庭湖畔出走而身在他乡，特别是远在海外的人，更是有着这般心境吧。我亦时常去湘江边走走，每每向北而望，便会顺理成章地想到那片湖水，想到湖北。

一些地方，一早注定了是必经之途，一如我们必经的命运。只是静待时机罢了。何况我还暗自提醒自己，去一个地方，非得对那里有点感觉才好！

这跟会情人一样。

对洞庭湖抱有好感由来已久，只是我自觉还不足以读懂它，读它暗合的深意。

多少次梦里相见，多少次纸上谈兵，哪里能与这一次真刀实枪地闯入相提并论呢？记得一下火车，我就要求出租车师傅直接送我去岳阳楼附近的旅馆。

远远地，我就闻见了洞庭湖的气息，那气息从车窗外向我扑面而来；感觉到了无以言述的大湖气象，那气象笼罩着古老而年轻的岳阳城。

那气象，自然也是水的气象。

那气象，在天空里，在大地上，在我的心底。

下榻的旅馆就在保利西街上，出得门来，抬头即可望见巴陵广场上那座"后羿斩巴蛇"的巨型雕塑，雕塑之后那片无际无涯的苍茫，那片一去千里的混沌，便是一梦多年的洞庭湖。在广场上扶风而望，顿觉天地开阔，宛若立于高山之巅，大海之侧。没见过大海的朋友，何必不辞辛苦地跑去东海之滨呢，看看洞庭就已足够。"洞庭西望楚江分，水尽南天不见云。"李白的诗长了脚一般，吟诵湖上。横亘八百里的洞庭，"北通巫峡，南极潇湘"的洞庭，真真个"乾坤千里水云间"。这是我穿山越岭寻觅了多少年的图景？

你或许也体验过这种感觉，就是当你想象的轮廓与现实完全吻合时，那现实就像是从你的胸口跳出来的一般，让你狂喜不已，让你战栗不已，让你不敢相信自己的眼睛。

在往来的旅客中，我依然想闭上双眼。听那低低的潮音，合着我心跳的节拍，一起在天地间，在我胸腔里起伏。

现在，我就"泛舟"于湖上。很多人抱怨那大雨该死，我却一改先前烦躁，自持他见，雨中游洞庭，难得一遇，几多好啊。

我既是潮湿的岸，又是湖里的水。

三

雨中游洞庭。乘艇去君山。

快艇跑得飞快，却不见君山影。我们像被上帝抛弃的孩子，在海上任由命运摆布，任风雨浇淋。

我靠着舷窗，望着茫茫水烟，记起一件事来：

前一日，有个女孩子在广场上问一渔民模样的男子，不是说可以看见君山的么？君山在哪里呢？那男子把头偏向湖中，用嘴努了努西南方向，要晴天或少云烟的日子才看得见呢！那女孩子大概是饱读了诗书，因刘禹锡就曾欣喜地写道：

遥望洞庭山水色，白银盘里一青螺。

刘禹锡运气好，他前来游玩的那一天，恰逢一个"湖光秋月两相和"的日子。

不过这有什么关系呢？山在湖中，湖在烟雨里。

你见与不见，它都在那里。以前无数次描摹过洞庭的样子，所以觉得它有着故交一般的熟悉和亲近，却不曾想过君山生得是怎样的一番模样，它于我，有着巨大的陌生感。虽也读过《九歌》，对帝之二妃娥皇与女英的传说略知一二，但究竟认为那只是一个湖心小岛，比他处多一些亭台楼阁罢了。我甚至提前准备了一点遗憾，以抵御我的好奇心遭遇到的失望光景。

这种惯性思维，源于我的一点固执偏见。我见过一个久负盛名、原本诗

▲ 我的水乡我的家　　罗鹿鸣 摄

意盎然的内河小洲，却被糟蹋得不成样子，古不古，今不今，中不中，洋不洋，简直是暴殄天物。我兴冲冲地慕名而去，结果失望而归。

快艇终于渐行渐缓。浑黄的湖面上，也终于有了养眼的颜色。先是零星的绿，后是浅浅的绿，那色调若烟也若雾。不一会儿，眉清目秀的青绿绿的水草已夹道而立，一大片一大片从雨雾里旁逸斜出，占领了辽阔的水域。像不像突然从水底冒出来的一支孙吴水军？

这光景，似乎是从早春一下子流落到了这眼下的暮春。季节在湖上瞬息变幻。

更不可思议的是，我一时竟误以为它们只是水田里长高了的稻禾。

那是著名的洞庭芦苇么？

我知道，快艇减速，意味着湖岸近了。出现了水草，说明湖水浅了。

果然，侧窗而望，蓬莱仙境出现了。海市蜃楼出现了。舱里有了一点躁动。

水烟深处，一叠翠绿浮在湖上，云雾缭绕，恍若太虚幻境。

我不由得擦了擦眼睛。那不是幻觉。翠绿的山影越加清晰。高高低低的山峦，真有七十二峰么？

淡扫明湖开玉镜，丹青画出是君山。

李白没有忽悠我们。

只是我独自乱想，妙手丹青能画出这人间仙境么？

四

那一路浪花已是芳踪难觅，湖上似乎什么也没发生过。来时路已被上帝收走。我们刚才在快艇上的旅程以及在陆地上更长久的生活，反倒成了不切

天下水 | 057

实际的幻觉——它们只是假象和倒影。

君山岛，俨然天地间唯一的一块陆地。

我们像一群被上帝从世俗生活中赦免的人，搭上了这艘可以拯救灵魂的诺亚方舟。

可你不知道，人的心思有时怎么会那么奇怪呢？我在岳阳楼上时，想的是坐船去君山；而现在真正到了君山，心底想的却是岳阳楼。

岳阳楼，与先前的君山一样遥不可望。

烟雨里，不见它翘起的一角斗拱飞檐。

此时此刻，是不是也有人站在岳阳楼上，凭栏远眺君山呢？

或许有，或许没有。

自昨日下午从楼上下来，我就一直在想，这三层三檐的盔顶建筑，为何能与黄鹤楼和滕王阁并称江南三大名楼？论其建筑建制，不消说黄鹤楼与滕王阁了，就是相较于江南不少楼阁，也不知要逊色多少。可就是这楼，硬是显示出一种大楼名楼的气宇来！

人家的江湖地位早已确立，名号也是响当当的，谁敢不尊，谁敢在它面前撒野，妄自称大？如果有，那便是不想混了。就像舞台上，主角就是主角，花瓶就是花瓶。你打扮得再花枝招展，再青春靓丽，也只能是陪衬。

我敢打保票，即使你爬上岳阳城的第一高楼，你所望见的景观，绝对没有我在岳阳楼上望见的那般壮观，那般气象万千，那般令人心旷神怡。为什么？用时下的一句时髦话答复你，这是一种感觉。

很显然，你在岳阳楼上和在现代化的高楼大厦上背诵《岳阳楼记》，那将是两种完全不同的心理体验。

时至今日，岳阳楼已不仅仅是一栋实体的古色古香的建筑了，而是在历代文人雅士的登眺徘徊吟咏下，变成了一座举足轻重的文学楼，一个耀目的文学坐标，一座熔铸着历史和文学的丰碑。

这座丰碑，是用唐时明月宋时风和那些名垂千古的诗词文章一点一点砌起来竖立起来的。它的材质，不是砖石，是文人雅兴，是坦荡胸怀，是诗词歌赋，是文化良知。在一千多年的历史中，它虽屡修屡毁屡毁屡修，有史可查的修葺就多达三十余次，可它一直立在那里。即使有形的身躯被摧为一堆废墟，可那无形的高度不仅没有坍塌，反而像一棵古树，缓缓地艰难地吐着一个又一个绿芽。这既是一栋建筑固有的生命意志，更是因为那些有血有肉有骨气的文人为它赋予了另外的生命。他们中有"安能摧眉折腰事权贵"的

▲ 葛取臾 摄

李白，有"安得广厦千万间，大庇天下寒士俱欢颜"的杜甫，有"宁鸣而死，不默而生"的范仲淹……

说到这里，就不得不说一下范仲淹和滕子京。尽管在《岳阳楼记》问世之前，李杜诗才已让岳阳楼扬名在外，但让斯楼声名在一夜之间名冠天下的，范公这篇小记当仁不让。我不得不佩服滕子京的眼光。他不仅有"山水非有楼观登览者不为显，楼观唯有文字称记者不为久，文字非出于雄才巨卿者不为著"这等见识，还慧眼识人，在文才辈出的大宋朝单单看上了好友范仲淹。

倘若，他另请高明，还会有这篇小记么？

范仲淹欣然命笔，落笔千金呀，岳阳楼顿时身价倍增。

学术界一直对于范公是否在庆历六年登临过滕子京重修之后的岳阳楼这个问题争论不休。这究竟是一个真命题还是一个伪命题，我们先搁置不议。如果没有第一等的文采，第一等的胸怀，第一等的抱负，仅仅面对一幅《洞庭晚秋图》而看图作文，如何做得出那等大情怀和大气象？不论其他，就此一篇《岳阳楼记》，他就对得起朱熹对他的评价："有史以来天地间第一流人物！"

范仲淹的一生以天下为己任，因直言上书，多次被贬，后因领导庆历新政革新运动失败再次被贬。庆历六年这一年，范仲淹仍贬居邓州，且身体情况非常糟糕，已近人生的黄昏。"负才尚气，崇尚改革，屡遭谪徙"的滕子京呢，此时同为贬谪之人。但他没有像其他人一样自怨自艾，借酒消愁，放浪形骸于山水，而是励精图治，迁建文庙，修南湖紫荆堤，筑偃虹堤，重修

天下水 | 059

岳阳楼。效果如何呢？"越明年，政通人和，百废俱兴。"

他们这等"不以物喜，不以己悲"的超然态度和"居庙堂之高则忧其民，处江湖之远则忧其君"的忧国忧民精神，实则化为岳阳楼的精血和后世学人的楷模。

可以说，没有滕子京，就不会有范仲淹的《岳阳楼记》，也就不会有岳阳楼的今天。当然你也可以说，这个范仲淹不写，另一个范仲淹也会写出来。只是，这种假设真的会成立么？

登岳阳楼，我们望见的不仅是壮丽的湖光山色，更是古代知识分子的精神高度和生命向度。

这些分析似乎构成了这样一个朴素而有趣的辩证法：如果没有岳阳楼，便不会有那些诗文；反之亦然。他们相互成全，互赠光辉。

我清晰记得刻在岳阳楼三楼壁上的那副对联：水天一色；风月无边。不知受了什么感召，忽然想到一个可能被大家都忽略或刻意回避的假设，如果没有这洞庭湖呢？

一切因水而生，一切因水而有造化。

生命，文学，文明，概莫能外。

五

小小君山，真不可小觑呀！为避游人，我们单独行动，却在雨雾弥漫的岛上迷了路。我们沿着一座山峰转啊转，脚都走麻了，裤腿也被淋湿半截，路上的积水也已在鞋子里安营扎寨，祈祷峰回路转柳暗花明呢，抬头一看，居然又鬼使神差地回到企图突出重围的地方，心都凉了半截。两个路痴结伴同行，真是够惨呀。雨大如注，似乎洞庭湖的水都跑到了天上，没有消停的时候。山间极少见指示牌，我们无计可施，只能采取最最原始和愚蠢的办法，那即是不辞辛劳地原路返回，从哪来回哪去。虽然吃了苦，却最终走出了那一团解不开的迷雾。

这段日子，正面临重大的人生选择，很是苦恼。这迷雾难道是某种暗示，是上帝的旨意？

景点都跑高了，唯独不见湘妃祠。我以为这湘妃祠是岛上最不容错过的地方。如果连这里都没来过，何谈来了君山岛？那就真是枉虚此行了！我们又是寻路又是问人的，冒着大雨走了一程又一程，始才识得其庐山真面目。

▲ 金色大地　罗鹿鸣 摄

原来它就位于离上岸码头不远的一架山坡上，可寻起来还真费工夫。

烟雨霏霏里，古色古香的江南第一祠，出落得有几分清美。张之洞撰写的那副对联格外醒目：垂杨秀竹神仙府，之径高台帝子家。在祠前的台阶上极目而望，烟波浩渺的洞庭湖水天一色，真是个景色绝佳处。夜深人静之时，如若水涛拍岸，天地间一定缭绕着丝弦金石之音吧。

我想当然地认为，但凡在来此之前做过一点功课的人，面对此情此景，恐怕都会在心底默诵起那两句诗来：帝子潇湘去不还，空余草色洞庭间。

使人生愁的，不仅是烟雨。

我并未在湘妃祠里过久流连，因里面实在没有什么奇特可看处，现代商业文明的影子光明正大地占据着大半个空间，总是扫人兴致的。我所缅怀的，是一种空空落落的情绪。

在湘妃祠一侧的斑竹林里，二妃墓静静地卧于几步青石台阶之上。雨水把台阶上的尘灰与旅客的脚印打扫得一干二净。迷蒙的君山岛缭绕在一片化不开的芬芳里，悠悠的清香撩人心扉怡人心脾。原来二妃墓的两侧各生有一丛繁茂的花树，正开着一大簇一大簇类似于绣球花的雪白的花呢！在雨雾里，那些花朵愈显洁白，更加清幽。那芬芳，似从远古传来！

同是因为雨水的缘故，墓前的台阶上铺了一地的花瓣，行人远远地绕开。我在雨中撑伞静默而立，望着那花朵浮想联翩。

神话传说总是那般动人，那般美丽。哪怕是望夫成石，哪怕是蜡炬成灰，哪怕是点泪成斑。特别是那些凄美而哀婉的爱情故事，让我们知道世上还有那么多哪怕海枯石烂、地老天荒，依然视爱情为生命的坚贞女子。

辗转间，觉得这造化真是神奇。此有君山，对岸有岳阳楼。此有二妃墓，岳阳楼下有小乔墓。它们的主人都是追随夫君而来，尔后因夫死而忧郁成疾，死在这里，葬在这里，守在这里。她们都是这世间一等一的不可遇不可求的贤良女子，且不论她们的国色天香，单是那一份君山洞庭皆可作证的对于夫君的千古深情，就让人倾慕不已！他们呢，一个是圣王舜帝，一个是雄姿英发具有雄才大略的周公瑾，都乃大丈夫。

因为她们，这八百里洞庭也是一片女性之水，一片母性之水。

因为娥皇、女英二妃，因为柳毅传书，君山岛称为爱情岛。

六

君山岛是爱情岛，洞庭湖是母亲湖。

当天晚上，我在巴陵广场散步，在依稀的灯光下，遭遇了两个我再也忘不了的生活场面：

苍茫夜色里，一个身着对襟衣裳的老渔民坐在那里，潇潇春雨淋湿了他的头发、脸和衣裳。雨水顺着他瘦削的脸颊滚落。他左手握着的烟杆大概也被淋熄了，不见一星半点红红的火光。他也许一早就坐在那里了，可在他的眼里，不见一丝焦虑。神态也是那么温和、安详。他似乎若有所思，似乎又把目光一直停留在他脚边的鱼上。他此时的身份是个鱼贩吧！那鱼或许是他刚刚从湖里打上来的。一条肥美的大鱼被横置于案板上，全身湿漉漉的，腮窝似乎还在翕动，尾巴似乎还在动弹。案板一角还有一个小盆，里面装着三条筷子一样长的草鱼，很鲜很嫩。围观者大概是父子俩吧。那个手腕挎着竹篮、双手拢在袖子里的男人，怕是刚刚从别处转悠过来，望着夜色笼罩下的洞庭湖么？那个小子是个可爱得要命的孩童。留着娃娃头，右手掀开衣摆，露出了一小块肚皮。把左手的食指吮在嘴里。他目不转睛地望着那条大鱼。或许是因了我这陌生人，小家伙的嘴角里流露着一点腼腆。他们是来买鱼的么？

离开他们，往前没走几步，又见到一对祖孙。他们显然刚从湖里摸着夜色上得岸来。一条硕大的鱼被他们用一块船桨抬着。那鱼实在是太大了，太沉了，尾巴还拖在地上。年事已高的祖父，一脸沧桑，那些沟壑与风浪都是在湖上熬出来的吧。为了与小孙子保持平衡，他将原本就已佝偻的背刻意弯了下来，像背着一个罗锅。我看见了他的一双手，瘦削，骨节粗大，坚硬而粗糙，指甲凹凸不平，那显然是日积月累的生活的杰作。一身标准的老渔民的打扮，除了背上的斗笠，腰间还别着一把水壶。走在前面的小孙子里，比刚才围观的那个小家伙还要小，围着一个小肚兜，回头望着祖父笑，一脸天真。他们是要把鱼抬回家呢，还是运往鱼市？我没有问，他们也没有告诉我，只是他们让我的鼻子一酸。他们的生活必然是窘困的，不然就不会干这繁重的体力活了。我很想走上前去，从小孩的肩上拿起船桨，帮他们把鱼抬回去。但话哽在喉咙，开不了口……

▲葛取兵 摄

　　这是我在广场一角看见的两组栩栩如生的铜雕。雕塑家截取了生活的某两个片段，生动地再现了湖区人民某个时期的生活图景。

　　靠山吃山，靠水吃水。以湖为家的人必得向湖讨生活。洞庭湖是他们赖以生存的资本和靠山，是他们的青山和土地。处江湖之远，得为嘴巴愁，为生活计。江湖，是他们的战场，也是他们的退路。

　　不止是这一部分人，整个洞庭湖平原的人莫不如此。他们一时一刻都不能离开这湖。洞庭湖以各种各样的形式和形态，出现在他们的生活中，出现在他们的生命里。他们的血液里弥漫着湖水的泥腥味，骨头里攀爬着水中的微生物，信仰里也溢满了这湖水的精气神。即使是那些在几代之前就已搬离湖区的人，他们的生生世世都在朝这里仰望，他们的根在这里。不管他们走到哪里，他们都是一小座直立行走的洞庭湖。

　　还有那些试图撇开与洞庭湖关系的人，他们的命都是这湖给的，又怎能撇得清呢？

　　据第三次人口普查统计，整个洞庭湖区共生活着一千多万人，占湖南总人口的六分之一，人口密度之大也颇为少见。当我看到这些数据的时候，万分惊讶。如果没有这湖，这一千多万人口该怎样生活？

　　时常可以听见一句从历史里流传下来的话：太湖熟，天下足。我想这句话一定出自太湖湖区。倘若要一个洞庭湖子弟来编织这样的一句话，他一定会振振有词地说：洞庭熟，天下足；洞庭富，天下富；洞庭宁，天下宁。洞庭湖可是居于古属楚地，九州腹地呀！

洞庭湖，是湖区人民的命根子。

他们，都是守望者。

连续两个晚上，我都在湖边待到很晚。坐在湖岸的石阶上，听那一浪推一浪的涛声。那涛声是那样蕴藉深沉，那样富有节奏，那样急而不乱，像母亲的歌谣。我不清楚是什么支撑着它数千年来一日不停地如此温和地唱着歌。这天地间恬静的摇篮啊，多少生命在湖岸甚至是在渔船上诞生，多少梦想望湖而生？又有多少人梦想遗落在这里，再也无法忘记，与它从此纠缠不清？

我对洞庭湖生起了从未有过的好感。如果没有那雨，我一定会在湖岸找个地方枕着它舒缓的涛声睡去！望着湖水中闪烁的灯火，望着水烟处的点点船灯，听着偶尔让整面湖水都动荡起来的马达声，我的心里很安宁。

洞庭湖，是一支古老的歌，是一个古老的梦。

可是，我的心底又分明涌现着那么一点抹不去的忧伤。这种情绪紧紧揪着我不放。

是因为那些浑浊的湖水么？是因为湖中那大片大片绿意葱茏的沙洲么？是因为漂浮湖上沉在湖底，又被它扔到岸边滩地上的垃圾么？无法隐瞒，我看见洞庭湖的脸上写满了倦意，写满了忧虑，写满了痛苦，甚至还有那么一些悲伤与愤怒。

当我觉察到这一切，我的心底很是不安。

就从那片浑浊的湖水说起吧！相对于湖区人民而言，我只是一个匆匆过客，所以我并不清楚一年之中，洞庭湖究竟可以见到几个碧水盈盈的日子。大概是很少见到的吧。

最初以为水之所以浑浊，是因现在处于雨季。后来翻阅了一些资料，才知道最根本的诱因或许源于湖底淤积的泥沙。同时，沿湖的生活污水和工业废水都源源不断地排向洞庭湖。这湖不浑才怪，不臭才怪。我都怀疑，从湖里打上来的鱼虾还能吃么？鱼虾体内的金属含量一定不低吧。

泥沙淤积，对于江河湖泊来说，是致命的。只进不出的泥沙导致洞庭湖湖水变浅，洲土发育快，而目光短浅的人工围垦行为日盛，双重迫害，湖盆日渐萎缩。我看到一组惊人的数据，洞庭湖的湖水面积在十九世纪还是五六千平方公里，而到了二十世纪中叶，就已锐减至三千余平方公里，进入了新世纪呢，仅仅只剩下两千八百多平方公里了。湖水面积一个世纪缩小一半，这种速度也委实太过于惊人了！按如此神速，洞庭湖还能撑多久呢？而全盛时期的洞庭湖是怎样的壮观！

▲ 沅江，谁持彩练当空舞　罗鹿鸣 摄

"东北属巴陵，西北跨华容、石首、安乡，西连武陵、龙阳、沅江，南带益阳而寰湘阴，凡四府一州九邑，横亘八九百里，日月皆出没其中。"

仅仅念着这段文字，心襟就如春风荡漾啊！

昔日的八百里洞庭，如今还是名副其实么？

洞庭湖，隐忍地存在着，悲伤地存在着。

难怪我在涛声里听到那么一丝丝呜咽的颤音。

然而，其他湖泊并非比洞庭湖幸运，命运似乎更为惨烈。仅去年，就有铺天盖地的消息、特写和图片报道洪湖、鄱阳湖等湖泊见底儿了，原来碧波荡漾的湖区变成了菜地和牧场，水乡变旱地，湖盆也裂开了一道道口子。渔船无用武之地搁置一旁，渔民失业。如此比较，洞庭湖兴许会感到一点平衡？可它们都是被长江这根绳子绑在一条船上的兄弟姐妹，同生死，共命运，一损皆损。

在整个洞庭湖区，在哪里观景最好？岳阳人会告诉你，在城陵矶。更确切的位置呢？在城陵矶的三江口。据说在这洞庭湖与长江的交接处，"远眺洞庭，但见湘江滔滔北去，长江滚滚东逝，水鸟翱翔，百舸争流，水天一色……"

我没有去过城陵矶，但依然可以想见那种使胸襟豁然洞开的大气象！毕竟，在巴陵广场随意挑一个位置，都觉眼底的洞庭湖有大海气象。

但愿这种气象，永驻天地。

但愿洞庭湖，不会像古云梦泽一样，在几百年后，仅仅成为一个梦一般的传说。

我的瓦尔登湖

我不是梭罗,可我也有一个瓦尔登湖。也许每个人都有一个瓦尔登湖,只是因人而异。倘若不是梭罗,瓦尔登湖也许还不为我们所知。

已不记得我是在怎样一个黄昏来到那个湖泊的。那时应该还是冬天,湖中干涸得见了底,并在寒冷的北风中裂开了一道道口子,像一个饱经风霜之人皲裂的皮肤,叫人隐隐作痛。那也许是每个湖泊和每条河流必须面对的生命周期,在无限的生命中必须经过的一道残酷的程序。我裹着厚厚的保暖衣,有些悲伤地行走在它干涸的湖床上,我在想象着春水灌满湖泊的样子。

人在成年之后,就觉得时间过得特别快。这不,冬天在窗外吹了一声哨子就溜过去了,我到底是看见了一湖碧绿的春水。湖水其实是清澈可鉴的,只不过在湖岸那些杨柳的浸染和同化下,便长出了颜色。有湖泊的春天,确乎是一个值得玩味的季节。不说岸边依依杨柳,不说泥土路上吐出的刺玫、紫荆和无名小花,也不说那些杨梅和水杉,光那些散发着清香的湖水啊,我想是没有多少人能抵挡住那小小的诱惑的。

去湖泊,通常都是在黄昏,那个时候的湖泊静动两相宜,景色最好看。那个红滴滴的太阳,总是从西北方向的山林中投过来几瞥目光,仿佛它也贪恋这人间美色。红彤彤的光,在湖水中铺起一架彩桥,风轻轻啜一口气,那彩桥便风情万种的在水底招摇,掠走了湖边人的魂。连那些即将归巢的鸟雀都忍不住飞扑过去,蜻蜓点水式的,让那彩桥的光晕无限放大,向整个湖面荡漾、扩散。有时候太阳高一些,撒在湖中的就是万千金银,也像万千条鱼脊涌起的鱼浪,目睹这一场精彩演出的不得不浮想联翩。

湖的中间有两根小柱子,刚好被蓝莹莹的水覆盖住,只露出一个小小的头,却给人留出无限大的想象空间,那小小的头算得上是一根引子。可惜的

▲ 靖港芦江　向迅 摄

是那偌大的一个湖泊没有渔网，更没有上了年头的盎然着诗意的渔船。不过这又有什么关系呢？想象恐怕比真实来得还要美一些，况且我们现在已经要靠想象来维持生活了。过去的那些事物和风景，早已寻不着旧迹，我们只能像想象未来一样去想象过去的一切。这似乎是一种悲哀的生活。是那湖水，让我们获得了解脱和超然。

几乎每天都会去到湖边，什么也不做，我就坐在那块被许多人坐过的岩石上，看着那一汪蓝莹莹的湖水。甚至要耗费一整个假日下午的时间，独坐湖边，看湖中绿水推涌，观天上云卷云舒。那一天一地，竟然那般默契，商量好了似的，互为影子，我怀疑它们的心灵是相通的。有时坐在那里，一大团一大团有着各种形状的乌云，从西北方向飞将而来，当它们的坐骑一到湖的上空，雨点就落下来，那当真是大珠小珠落玉盘，更像湖水张开了无数张小嘴巴，伸开了无数手掌，迎接那热烈。

▼ 我的瓦尔登湖　向迅 摄

　　心情无限好的时候我要去湖边走走，心情糟糕、郁闷的时候我要去湖边转转。无论是什么样的心情，到了那碧绿的湖边都成了一副表情。望着那水波不惊的湖水，心中万千思绪悄然消退。那湖水，有化千军万马为一滴水的本领。

　　有时候我坐在湖泊的西北岸的一块伸向湖中的石头上，有时候坐在东南岸的一个接近于半岛的小地方。那两处地方，我觉得最得湖泊神韵，可揽尽全湖景色。在西北岸，可见月上柳梢头的好戏；在东南岸，又可见人间灯火落在湖中的影子。看着湖水提着裙裾从对岸一路小跑过来，轻拍堤岸，竟然缓缓有声，落款有韵，恍惚间若静坐于大海边聆听潮起潮落。我相信，潮起潮落是一种大境界。

值得称奇的是，有时在我看着看着湖水的时候，竟发现自己所坐的石头和湖岸，变成了船，带着我一起向湖心移动起来。小小的波浪往哪边跑，我的船就往相对的方向行驶。那分明就是我曾经在长江中乘船的感觉，船行水上，两岸风物向身后飞逝。我感觉就坐在船舷上，湖水触手可及，那对岸的青山也触手可及了。那的确是一种奇妙的感觉，相信每一个人都可以在那里产生如此真实的错觉。

生活在湖泊岸边树林里的麻雀，大都不怕人，它们敢在离你两三尺的地方觅自己的美食，或者在你头顶的树枝上上蹿下跳，忽地里又飞向那宽广的湖面。湖泊是这些小精灵生活的领地，是它们自由自在生存的家园。在那里，你可以观察到一只小麻雀精致的外貌，可以遇见同一只麻雀反复多次出现在你兴奋的视野。当然，还会有其他的一些鸟类，会在湖边作短暂的逗留，留下它们美丽的飞翔和歌声。

欣赏湖泊，更适合一个人来完成，需要我们和湖泊静心地交谈。这好比高僧闭关修禅，需要闻得见内心的气息。一个人独自面对一面湖，需要足够的勇气，我相信不是所有的人都有这种勇气。在一面湖前，我们面对的不是敌人，更多的是来自我们心灵底片上还没有经过显影液的那些灰色和污点。一面湖是一面魔镜，我们的倒影不仅仅是我们光鲜的外表。

我经常这样幻想，要是我能在那湖边盖一栋小房该多好！每日打开临湖的窗，让那湿润的气息、朴素的虫鸣和多情的月色一并泼洒在我那散发着松木清香的案几上。枕着湖水入眠，在湖水的推涌或静默中读书写字做学问，那该是一种什么样的生活？

这应该就是我们向往的生活！宁静，博大，辽阔，意境悠远，与世无争。

这让我想起我现在居住的地方，在顶楼的阳台毫不费力气就可以看见乡村和菜地，还有很多一脸朴素、勤俭的人与我同住一楼，时常有清脆的鸟鸣落在我的窗台上。可是这一切就要一去不复返了，那乡村即将被城市规划在地图上抹掉，菜地将变成柏油马路，那些说不好普通话的农民也要学会城市的生存法则。不知道那些鸟，是不是会被日夜不停的机器的轰鸣所取缔？

这一切简直无法想象，唯一可以依靠的，就是那个碧波荡漾的湖泊。

很多个夜里，在我忙碌一天后准备沉睡的时候，我感觉依然坐在那缥缈的湖边。

寂静美

我时常站在院子的一角,望着寂静的原野发呆。偶尔,小侄儿会推开门,小跑到我身边天真地问:叔叔你在干吗?我将他抱起来告诉他:看天空有没有飞鸟。他望了望灰暗的天空,觉得无趣,又跑开了。

小侄儿还不能理解我的心事,我也不便告诉他。

我似乎在另外的篇什里提到过,住在家里,无论是打开门,还是窗子,所望见的都是一幅天然的山水画。这话无丝毫夸张。以前我没有真心领会故乡赐给我的美景,抑或是我在俯仰之间看见了,不是熟视无睹,就是不能悟透那美的内核。

这两天与师妹谈及的一个问题,便是很好的佐证。

师妹懂易经,善占卜。一时心血来潮,便让她帮我占占今年运程。

她将占卜结果发来:吉。有获。谨防小人。

我求破解之法。她支了一招:世上诸事,莫重于心!心为万物之缘起,一切为心,相由心生。现在起你试着调心,效果非凡。并教我调心方法:先试着让心不杂乱,清静,平和。凡事保持乐观、自信的态度。意识里总是好事物,没有坏事物。日久境转。

后又谈及她要重回寺院读书,且说佛门清静。

我告诉她:只要心静,在哪读书都一样。她夸我境界转得快。我很不满意地回复她,我很早就知道心静自然凉了。

不料她的回答,令我心悦诚服:知道和体会是两个境界。

——这一回对于原野的无数次凝视,我终于惊觉,这院外的景色有多美呀!我迫不及待地用手机拍下了原野的几个侧面,返回屋子让家人欣赏,他们竟问我,这么美的地方是哪儿?

▼ 苍山积雪　　向迅 摄

我拍下的几张照片，都是以向家院子西边的青山和我家的竹林为背景，主题是被白雪覆盖的原野。画面素朴宁静，俨然大家手笔。

难怪他们认不出了。

这种自然造化的寂静之美，与我与生俱来的审美情趣是一致的。我骨子里对于寂静之美的偏爱，对于隐居生活的向往，显然是自小在无形之中受了这别一番天地的影响。

我的性情，是这山水的性情。

我总是受不了那寂静的蛊惑，踏着山路上的积雪，一次又一次走进那原野深处。天地静谧，苍苍莽莽。那些被我不知走过多少遍的山路，有了新的寓意，似乎在顺从天意引导我接近某一种在其他地方无法抵达的胜境，引导我接近山地里先知先觉的神灵；那些被雪覆盖着的田野，像是写满了古奥文字的典籍，更像是神秘的天书，等着我平心静气地阅读。

我时时妄想将这原野的某一时刻凝固起来，那画面一定是对古诗"千山鸟飞绝，万迹人踪灭"的最好写照。可那些鸟雀总是不守规矩，不甘寂寞地闹腾起一些动静来。它们是那一幅山水画里可以随意点染的笔墨。我的诗人朋友，有的将它们比喻为可以飞翔的树叶，有的将它们说成是一棵树写给另一棵树的情书，还有的，将它们看成了一块飞翔的大陆。

我喜欢这些小不点。若没有它们，树木一定是孤独的，原野也一定是寂寞的。

这个季节，在田野里活跃的还有土狗。它们若在空旷的原野里跑过一遭，绝不能隐藏住自己的行踪，一串串脚印已将它们出卖了。

那些檐上的雪与炊烟，那些晚上的灯火与狗吠，那些树林里的风吹草动，那些雪地上形迹可疑的足迹……都是寂静无处不在的影子。

这无边寂静的原野，让我心神安宁，有时却又让我在胡思乱想里陷入无边的激动之中。

一次，我正在山野里行走，一个从来不曾闪现的念头，不知怎的就跃了出来：我们土家族的先人，是否在历史的某个空白处写下过一部不为人知的史诗，是否留下过关于人类未来的预言？

寂静无言，不知不觉融入生长于斯的万物。像润物无声的春雨。像一剂良药。在外省时，不知哪里跑来那么多烦心事，让自己寝食难安，患有严重的失眠症。而一旦回到故乡，杂念顿消，一挨枕头便睡沉了。

内心连接着一方寂静的原野，那寂静便也悄然植入了内心。

受了那寂静的感召，我内心里涌动着别样的冲动。当年沈二哥从北京回湘西，在船舱里给三三写下了那么多漂亮得惊人的篇什，还画下了那么多简洁雅致的素描。先生有才，湘西有福。还想起了张炜的散文代表作《融入野地》。不知道他是受了怎样的启迪，才完成了那样一篇深沉而宁静的作品。还想起了肖霍洛夫的长篇小说《静静的顿河》……我却不敢轻举妄动，只是日复一日地静静沉思。

而奇迹就是这个时候发生的！我总以为有神灵在暗中相助！

那天清晨，当我打开侧门仰望天空时，我被那天地间的奇异景观完全迷住了——向家院子背后那架东西走向绵延不绝不可一世的高山山脉，完全沦为了一团光晕的背景——那光晕的核心显然是被层层灰色云团裹住的太阳！金箔色的光团，正孕育着让万物顶礼膜拜的辉煌——远远望去，那就是一团可遇不可求的佛光。光团附近，天地线条清晰毕现，就连生长在那一段山脊上的树木的形象也可圈可点。其他地方呢，布满了灰色云团的天空与覆盖着茫茫白雪的原野浑然一体。

两相对比之下，山脉背面的光明与清江北岸黑色的背景是何等的鲜明！

那光晕，像一个祥兆，更像一个古老的预言。

我敢对着天地发誓，那是我有生以来有幸见到的最有深意的景观。那种无以用语言言尽的美，持续地重重地撞击着我迟钝的内心——它将深刻地改变我对故乡的看法。

在此之前，我不断写到鄂西山地的美，尽管那都是一些真实的描述，可我又总是疏远着它们，我总以为还有比它们更贴近我内心的美。我并非发自肺腑的描写它们，因我从来就没有走进它们，没有去读它们，理解它们。

现在，我才觉得这块土地的可贵，那些差不多被我们这个时代遗忘殆尽的品质和美德，还在这块无尽的原野上代代相传。

这寂静的美，来得多么深刻！

我相信小侄儿总有一天会理解我的。

▲ 秋田风光　向趣 摄

太平岭下的日子

一

初来乍到，我最先抚摸到的，就是那些叫声。秋虫的叫声。

那叫声，软软和和的，热热闹闹的，不曾停歇，无论是晴天，还是阴天，都稠得像一条河流，起伏着流水的旋律。夜晚，那叫声更为明亮，像一天繁星不停地跳跃，上升，继而沉降。我能感觉到，那种此起彼伏的叫声，正透过纱窗，渗过流淌的夜色，浸入我的梦乡，拨响我身体里那根敏感而神秘的琴弦。不然，我怎么会睡得那么踏实？我怕极了出差——再也没有比夜宿外地更为痛苦的事了。再好的床铺，总也不能让我睡个好觉，往往是彻夜失眠。白天呢，虫子们不知躲在哪里，但它们的声音一直萦回于耳畔，挥之不去，就像笼罩在窗外那座山林身上的光晕。

是什么力量促使那些民间艺人昼夜不停地拉着胸前的那把手风琴，如此不知疲倦的吹拉弹唱，一生该是怎样的兴高采烈？但我不知道它们到底是因为痛苦而歌唱，还是因为快乐而舞蹈。

我确乎是个粗人，竟没有留意到豪雨如注的日子，那秋虫的叫声是否依然明目张胆。可那雨天究竟是清静极了，如同一个个不见星月的黑咕隆咚的夜晚。想必是惆怅的雨，影响了它们的兴致；又或许，是雨声压住了它们在巢穴里举办舞会时的歌声呢。

我羡慕这些小隐于山林的家伙，自得其乐，长啸于山野，虽籍籍无名，却比神仙还快活。

我不曾见到它们的影子，但它们隐居的山林和田野，就突兀地矗立在我的门窗之外——每天把房门一打开，晨光就顺着山林哗啦哗啦地泼将下来，翠绿翠绿的光，翠绿翠绿的鸟鸣，翠绿翠绿的心情。若是晴天，那光自然又是镀过金的。说山突兀，定然是站不住脚的。真正突兀的，是我住着的这栋楼房。山林一早就在这里居住和生活，是这栋白色外墙的三层小楼挡住了它的视线。它不得不努力地往高处长，朝天空看；不得不把山中林木一寸一寸拔高。

我坐在二楼的办公室里，恰好抬头即可见到青山。满满的一窗子山。那山，更像是一副苍翠的窗帘。我要把头低下几个角度，才能勉强看到一线天空，白白的，像山的背景，也像画中留白。时而恍惚，竟觉得山中的绿，是流动的。我甚至杞人忧天，那一瀑翠绿，万一不小心，是不是还会涌到窗户里来？我时时停下手中的活计，凝视那风吹草动的山，终于恍然大悟：山是向着天空生长的，只有人，借助山体以登高望远。

我不能免俗，报到的第一天，就想着爬到山顶去望一望山下的田园风光，望一望远方。那一定是个不错的选择。让我生此动机的，是一处建筑——一方白色的栏杆和一线蓝色的屋顶，从山顶的林木间露出冰山一角。我终究如愿以偿。有路有脚有心，还有什么可以挡住一个人前往山中呢？何况他还是一个素来对名山大川怀抱向往的人。

尽管，我已在山下生活了半月，但依然对它知之甚少，颇觉惭愧。我曾向该乡的林业专干打听它的名字。年过半百的谭委员告诉我，没有名字的。但我又坚信，世间的每一座山每一条河都是有它们的名字的。即使我们没有为其命名，但它们一定有自己的姓名。山跟人一样，有家族，有历史，亦有瓜葛。我想当然地将这座山视为了罗霄山脉的支系。

▲ 杨进汉　摄

　　或许是天赐良机，某一天，我在办公室翻看几本有限的书籍，竟无意间在一张地形图上发现，此山被标注为太平岭。我暗喜，真是踏破铁鞋无觅处，得来全不费工夫呀。然而，等我现在欲对此进行确认时，却无论如何再也找不到那张图了。大约是山神那天喝多了，泄露了秘密，酒醒过来立马用手捂住了嘴巴。

　　为山河命名，体现了人类的意志，还有赤裸裸的占有欲，但又是合情合理的。两个国家争一个岛屿或者一片领土，看谁先为岛屿和领土命名，是一个非常重要的依据。命名的早晚，关乎到历史，似乎还关乎到民族的尊严。一部拖沓冗繁的外国影片里出现过这样一句令我难以忘怀的台词：一个土著居民在被迫跳下波涛汹涌的大河之前，对着侵略者吼道——这里的山河由我们命名，你们有何资格占领？

　　而我发现，在太平岭下生活的人以及周边的人，都有着强烈的命名观念。他们给每一个村民小组，都取了个名字。当然，这名字是相当乡土的。就如我所居住的地方，叫石盘组。

　　从未想过有朝一日我会到这个地方生活，更没想到要来这个以客家人为主要常住人口的林乡挂职。刚刚提到的位于岭下的三层白色外墙的小楼，就

太平岭下的日子　|　075

▲ 仙坪民居　向迅 摄

是乡政府的办公楼。

有必要交代一下，这个乡，是炎陵县龙溪乡。离县城最近的一个乡镇。

二

每天叫醒我的，不是手机上设置的闹钟，而是窗外的鸡啼。一遍，两遍，叫第三遍时，天就亮得差不多了。那鸡啼声，啄破了浓稠黑夜的长堤。有时醒得早，我就于迷迷糊糊中静静地聆听远远的鸡啼。时不时睁开惺忪睡眼瞄一眼窗户。山渐渐醒来了，田野渐渐醒来了，房舍渐渐醒来了，鸟儿渐渐醒来了，流水渐渐醒来了。目睹新的一天自窗前到来，有着说不出的喜悦。

我终于知道我们在建房子时为什么要留几扇窗户了，除了采光通风之外，我们还可以看到时间的蛛丝马迹。

美景一窗，千金不换。我无疑是喜欢这扇窗子的。那是一幅天然的田园画。这幅画的作者，既是山神，土地神，也是西坑村的村民。

我睡在床榻都能一眼望见的，是一栋灰瓦黄墙的二层楼房，其后还有两栋，一栋深红色外墙，一栋粉白外墙，都是蓝色的顶。那是龙溪中学的教师宿舍楼吗？我怀疑与那房中的主人是可以隔窗相望的，所以在起身穿衣或更衣时，我总是小心翼翼的，自作多情地想，要是一不小心春光外泄，那多难为情呀。

窗下是乡政府的后院，继而是白色院墙，墙跟前是一条村级公路，继而是一方深绿色山塘，山塘右边是一片参差错落的被竹林掩映的灰瓦砖墙的房舍。房舍背后，则是一派纯正的乡村风光了。

如同泼墨一般浓郁的，是绵绵无尽的山林。在这林乡，山林是最重要的资源库。远方山峦的脊，在画布的空白处隐约起伏。那里云雾相接，天地不分。但我固执地认为，画的主体部分，仍是那山脚下绿黄相间的田野。那是一溜烟儿的漫无边际的水田，是西坑村那个狭长的山间坝子的一部分。

眼下，稻谷已是待嫁的新娘，金黄的嫁妆差不多已经备齐，只是在打点最后的细碎金银。秋风这支乐队，已备好了唢呐、锣鼓。

谁在画前凝思，谁都会深深地感受到一种触手可及的安宁。

粮食，总是让人心平气和、让人心里有底。

我无数次沉浸于画中不能自拔。因这种生活，对我而言，对绝大多数城里人而言，确乎是太过于奢侈了。久居樊笼，得一稍微清静之地便是万幸中的万幸，哪里还敢奢望这一窗田园呢？更要命的是，一些时候，我竟在窗前听见了有节奏的锄禾声——嚓——嚓——嚓——循声望去，一个妇人正躬身在山脚的田间劳作，不知她在挖着什么，抑或是种着什么。

这是我熟悉得不能再熟悉的声音，是镶嵌在我生命里的声音，是我自己发出的声音。

这锄禾声，是永恒的美声，是大地上永不消逝的电波。

在长沙时，我一直想以"不朽的生活"为题，写点什么，甚至还打了一点腹稿，然而动起笔来，真是寸步难行。接连起了好几次头，都被揉成了一团。我却在这里找着了感觉，而且这种感觉相当强烈。我忽然意识到，这次挂职，确实是让我接到热腾腾的地气了。

在速朽的城市，在被吊起来的空中楼阁中，怎么可能写出不朽的生活呢？

有一年去庐山，导游对我们讲，为什么我们在城里不再耳清目明，不能像古人那样得道了呢？因高楼大厦和高速公路早已将维持我们生命正常运转的磁场破坏掉了。我们每天面对的不是绿水青山，而是铜墙铁壁。我们住的楼房越来越高，视野却越来越狭小，眼光也越来越短浅。你想想，住在第二十层或者第四十层的楼房里，怎么可能捕获来自大地的信息，又怎么可能据此作出正确的判断？更何谈上知天文、下知地理、预知未来？

我们蒙住了自己的眼睛，缚住了自己的手脚。

恰逢乡里电网改造，停电，在龙溪成了家常便饭之事。刚来的那一两天，我很不习惯。不能上网，不能浏览新闻，不能查阅资料，不能收发伊妹儿……天哪，该怎么活呀！枯坐于办公室，真不知如何是好，特别是握惯了鼠标的右手，都不知道该往哪里搁放。整个人跟电脑一样，报废了。几本枯燥乏味的书，不能减轻那份焦虑也就算了，却更有火上浇油之嫌。

还好，可以跟着同事去村子里走走。

我渐渐习惯了没有电的日子。这让我想起发生在长沙的一件旧事。

某一天，物业公司为了很好地解决住户拖欠电费的问题，便将原有的电表全部换成了以卡买电的新电表。住户需要去物业公司办理手续，领取电卡，方能用上电。那段时间，我赶着写点东西，回家较晚。每天回去，都说服自己，明天一定去物业公司将手续办了，没想到，这一推，就是一个月。也就是说，我足足过了一个月的黑暗日子。以往，我即使不读书，也会摸到十一二点才睡觉，但那一个月，我每天都睡得很早，差不多八九点就躺下了，第二天，是窗外的鸟鸣将我唤醒。

这种起居时间，与我童年时代的生物钟差不多完全一样。我回到了一种久违的生活状态，进入到了一种向往已久的生命状态。诸多以前弄不明白的问题，在这些个宁静的夜晚，往往迎刃而解。日出而作，日落而息，让生命变得简单，透明，没有什么负担。

我也终于明白，现在为什么有那么多人，都在大力提倡写作要"向内转"，要回归自然了。

在这一个月时间里，我像窗外的一棵树，把紧闭的内心向着天空打开了。

现在，很多小伙伴联络我，我都会很悲惨地诉苦：我被发配到乡下了。

好端端地跑到乡下干吗呀？

我又很无奈地告诉他们：我要在这风景如画的乡下小住两月。命苦啊！

小伙伴们不是惊呆了，羡慕死了，而是彻底愤怒了。

三

夏天久旱不雨，秋雨却不少，气温降得快。刚进入九月，天就凉下来了，看那架势，再也没有热起来的可能。记忆中，这一年的春天也是足月的。所以，较之晚年，这个夏天显得格外短暂。这本是我们都期望的，但多少有些不习惯。在这多雨的乡村，秋天已经站稳了脚跟。隐藏于林中的秋老虎即便再凶，怕是也掀不起什么大浪了。天气这么凉，它还敢大摇大摆地跑出来么？

▲ 客家大屋　向迅 摄

　　我到来后的第三天，盼了两个月的雨，终于酣畅淋漓地落了下来。第二天清晨，我去接水漱口。正要喝下一口润润牙齿呢，杯子都挨到了嘴唇，却猛不丁地发现杯中水色不对。细细一瞅，竟是一杯黄河水。黄灿灿的，哪敢入口？我以为是杯子没有清洗干净，仔细洗刷了一遍，再接，仍是黄河水。我暗想，这不是自来水厂提供的水么？毫无办法，只好用尚且湿润的毛巾草草地擦了一把脸，灰头土脸地去圩上的商店买瓶装水，以解燃眉之急了。

　　晚上依然如此，连从热水器里喷出来的热水，也是黄亮亮的，怎么可以用来洗澡呢？忍着吧。

　　然而，这都是不值一提的小事。

　　受台风"潭美"影响，龙溪乡接连下了两天暴雨。乡里为此召开了专门的工作会议，乡党委书记叶敏亮布置了防汛工作。会后次日，我就跟着唐勇斌乡长、唐日静副乡长到村子里面去查看雨情。

　　我万万没有预料到，平日里温顺乖巧的潺潺流水，竟变得如此面目狰狞，不可收拾。一条条恶浪滔天的黄龙，在河床里咆哮着直奔山谷。穿行在数里不见人烟的盘山公路上，巨大的水声远远地在耳畔回响。不少沿河谷修建的道路，被猛涨的河水冲坏了路基，变成了命悬一线的空心路。

　　一个特别的图案引起了我的注意。那是一个由一长队石头或者是几根树干组成的弧形图案。起先，我以为那是好事者的杰作，直到我跳下车，跳到路面以下的陡坡上，才发现被这个弧形围住的，正是那一截空心路。

太平岭下的日子 | 079

原来，这是村干部在路面做出的警示标识，以提醒来往车辆和路人，避让道路暗藏的杀机。

在几个罕见人烟的路段，年轻的乡长和副乡长，高挽着裤腿，冒雨亲自动手，从路边的杂草丛中找来树干，搬来石块，摆成了一个新的弧形图案。

在寂静的山谷里行驶，隔不了多久，就会有一个图案，豁然出现在湿漉漉的视野里，让人心头一暖。虽然都是一些被丢弃的树干和再普通不过的石块，却在乡野间被赋予了异常特殊的功能。

这些朴素的图案，像一盏盏灯，照亮了孤寂的乡村公路。

这天下午，我们还去了牛塘村中蓬组。我以为还是像上午那样去排查险情的，下车了才知道是去探望一位老人。上午，乡政府综合办接到牛塘村村干部的电话，说李家胜老人家的房子被屋后的塌方冲垮了。

那是一栋上了些年岁的两层土坯房，墙身到处是裂缝。在满是泥脚印的堂屋里，我见着了李家胜老人。老人佝偻着背，满眼泪花，难过得连话头都扯不清楚了。你见过一个老人的眼泪吗？

在堂屋里，即可目睹那副惨状。那是堂屋右手边的一间房子，上下两层均被塌方摧毁于地。那残破的房子，已被狼藉的乱石挤满占尽。我看见了深陷泥土的窗户，像挣扎着的一双眼睛；我看见了已被折断的屋椽，仅仅露出扇叶的电风扇；我看见了布满了泥浆的桌面……连前面那间房里，也积了一地浑黄的泥浆。你还能想象屋子里曾经有过的温暖吗？

李家胜老人的小女儿说，事发当晚，她就和她婶子睡在那间积满了泥浆的房子里。十点钟左右吧，屋子突然摇晃了一下，像被什么重物狠狠地撞击了一下，随着即是一声山崩地裂般的闷响，就像发生了地震，像天空炸响了一群惊雷。还没搞清楚发生了什么事呢，后边那间好端端的房子就在顷刻间倒成一堆乱石了。把木门打开，数不清的泥石还在从豪雨不断的黑夜里滚滚而下。

整个屋子，好像随时都会被黑夜的那张倾盆大嘴吞没。

那是怎样漫长而揪心的一夜？

雨水代替不了泪水。李家胜老人的老伴前不久刚刚过世，现在两间房子又被冲垮，都七十来岁的人了，如何扛得住这致命的打击？两个女儿，一个远嫁郴州，一个嫁在南岸村，都有自己的家庭，如何分身照顾她们的老爹呢？

同去的唐副乡长站在院子里慰问了老人，表示乡政府将为他提供最高限额的救助，并提出了两套解决问题的方案，要么重新选址建新房，要么让推

▲ 回家　　向迅 摄

土机将堂屋右边的危房推掉，以确保安全。

事实上，第一种方案是不现实的，老人年事已高，不可能再建新房；而第二种方案，也会让老人心里流血。

一场大雨，差不多摧毁了一个农民的半世家业。

你或许还不能理解，一栋房子在一个农民心中的位置，更不能理解一个农民对一栋房子的感情。特别是这房子，是他亲手一砖一瓦盖起来的。

一栋房子，不仅是遮风避雨之地，还是一个人得以立世的资本。对李家胜老人而言，除了两个出嫁的女儿，这栋老房子已经变成了他全部的财产，物质的，精神的。

大家都认为，老人肯定会守着那残缺的家园，度过余生。

他浑浊的泪水，老在我眼前晃动。

四

我在太平岭下过着按部就班的生活，一间面朝青山的办公室打发了我许多寂寞难挨的时间。但一个星期总有两三次下乡的机会，这是最为欢愉的时刻，我也因此得以见识到龙溪乡的庐山真面目。

我指着田间的稻子询问过一位村支书：这里一年种几季稻？

一季。以前种两季，现在年轻人都外出打工去了，家里就留下老人和孩子。农活忙不过来，就改种一季了。

前不久，我们陪着一位记者去乡里采访。当我站在采访对象的院子里，望着对面山脚下的几亩金黄稻田大发感慨时，生于斯长于斯的邓乡长告诉我，现在好多田都荒下了，都没有种了。你看，那稻田之上的山间，不是还看得见田亩的样子么？那些地方，原来都是种着水稻的。

那些田是退耕还林了么？我指着那些荒废的田园问。

不是。

那么为什么不种上树呢？

……

▶ 进亦忧，退亦忧 向迅 摄

我忘记邓乡长是怎么回答的了。望着那些曾经的良田现在的荒山，我的心里竟掠起了一丝淡淡的哀愁。

这个时代的人出现了两种异常明显的倾向：农村人拼了命地往城市挤，熬尽心思地想在那寸土寸金的地方站住脚跟，借此改变自己的身份；城里人呢，只要一有时间，就往山清水秀的乡村跑，甚至在那里盖了一栋房子，开垦出了一块可以种蔬菜的地。他们——我们，总是把别人生活的地方当做天堂，总以为他乡的月亮比故乡的圆。

这种近乎循环往复却又截然不同的对于生活的向往和选择，暴露出了太多太多的问题。

看过很多外国影片，总觉得那些国家的农民都要比中国的农民过得轻松自在。在这些国家，尽管劳动也是出自生活的必需，但是，一家乡村酒吧就可以卸除他们身上所有的劳累，一座教堂就可以解除他们精神上所有的枷锁。他们可以在自己家中举办舞会，跳热烈的踏踏舞；他们可以驾着私家汽车，去外省旅游，或者去国外度假。我们从中可以看出他们对生活是发自肺腑的热爱，对他们的国家，也是发自肺腑的热爱。他们脱口而出的话，逗得死一头牛。

而中国农民，是这个世界上最缺乏幽默感的一群人。

你见过摄影师镜头下的中国农民的肖像吗？你指望在中国的大地上随便拉出一位老太太，都能给你唱一首歌，跳一支舞吗？你在一张千沟万壑的脸上，数得清每一道沟壑里到底折叠着多少苦？你肯定会发现，无数张中国农民的面孔，其实是同一副面孔：木讷，呆滞，惯于沉默。如果你没有乡村生活的背景，断然不会理解那种沉默的分量。

这些身如草芥的人，卑微，乃至卑贱，永远是被忽视被遮蔽的群体，永远是包袱，是见不得光的人，是一个个负词，是很多官员眼中的刁民，草莽。他们忍辱负重，牙齿打落了和着血往肚里咽。

他们也会发自内心的微笑，那是因为地里的庄稼丰收了，亲人远道而来了；他们也会笑得合不拢嘴，那是因为他们的儿子结婚女儿出嫁，或者是抱上孙子了；他们也会喝得烂醉如泥，那是因为自己这一辈子，终于在儿子手里翻了身。

可是谁曾注意到，他们是笑里含泪，泪里含血；谁又曾留意到，在他们好不容易露出的一个微笑里，究竟掺杂了多少苦涩和无奈？

你在中国农民身上看见的，是你不敢正视的一种生活，是你从未发现过的一种美,是你从未体验过的一种苦难,是你从未读懂过的一种精神。

正因为如此,一个中国的农民家庭,往往会举全家之力,甚至不惜砸锅卖铁,四处借债,就为了把一个人送进他们从未踏足的仅仅只是一个空壳概念的城市。他们非常单纯地以为,只要到了城市就是个城里人了。可他们不会明白,一个两手空空的人要在城市扎下脚跟,是一件怎样艰难无比的事情?就如同身在农村的他们,倘若没有一件农具,没有一块土地,没有一袋种子,如何建得起一栋安身立命的楼房,又如何种得出五谷杂粮?

我就是那种拼命往城市挤过,然后又拼命往乡村跑的人。

不时有乡政府的同事问我,在这里还习惯吗?我总是这样回答他们:我也是农村出身,没有什么不习惯的。好得很呢!

某日黄昏,我独自穿过圩上那条不足百米的小街,沿着106国道朝着江洲村的方向一直向前走。

那也是黄昏的方向。火烧云在国道尽头的罗霄山脉上烧得正旺,各种动物在云霞里耍着变脸的把戏。我被眼前的景象迷住了。我甚至在那云霞里看见了一尊观音。我兴奋地冲上一堆沙子,对着那难得一见的奇异景观一顿狂拍。无奈装备太差,拍了等于没拍。

就在我陷入沮丧之际,铺天盖地的一坝稻子拯救了我的热情。

那应当是水口村的地盘。稻田一直从国道边铺到了青山脚下。金黄的稻田,是人间锦绣。晚风中,我闻见了稻谷扑鼻的芬芳。

偶然,会有白色的鸟,自田间斜飞而起。那是一种通身洁白无瑕的鸟,有着梦一样修长的翅膀,有着梦一样轻盈的羽毛。它在稻田上方飞翔的时候,简直像个天使。我无端认定,这种鸟,就是传说中的白鹭。

我不知道走了多远,直到暮霭四合,才折身而返。我满眼都是稻子,满鼻子都是稻子,满耳都是稻子,满脑子都是稻子。

在太平岭下,我痴迷地观望过一次特别美的晚霞,我认定此生再也不会看到那么好看的落日了;在坂溪村的一条小河边一丛楠竹的后方,我造访过业已荒芜多年倾圮殆尽的坂溪大屋,我认定那是一栋有历史有故事的大屋,从此对它念念不忘;在陈设简单的卧室,我听见过刚刚被送到幼儿园读书的小朋友的哭声,我认定那是天底下最动人的倾诉。

那些我未曾见过面的小朋友,在窗外哭喊了整整两天,他们用嘶哑地童声重复着一句话:

我要回家!我要回家!

▲ 向迅 摄

江心洲上的春天

　　这是一个心情沮丧的上午。我从窒息的家里飞也似的逃了出来，没有更好的去处，便径自乘车来到了江边。那是我以往多次去过的地方。我知道在那里，不愉快的心情会立马一扫而光。

　　那里究竟藏着什么奥妙？我也不得而知。

　　下得车来，高高的堤岸就落入眼帘。大江在堤岸背面，埋下了一道长长的伏笔。大概又有两月不曾凭江远眺了，不知在那宽大无比的河床里，盛了一江什么样的未知？记得两月前，那是新年后的第三天，我与一位远道而来的朋友就在此抱拳相别。白茫茫的雪落了一江。

　　那种素净的掸落了天地尘埃的美，值得我一生追忆和怀念。

　　眼下却大不一样了，那是一幅与冬日截然不同的画。江水涨起来了，昔日里那个千疮百孔的河床不见了！我不知道是谁在我们看不见的地方，在山河间一日千里地展开了这样一幅氤氲着水气，恰似江南的画卷。大自然的神奇就落在这绝处，万般思量却又始终不得要领。

我终于怀揣着复杂的心情，沿着堤岸缓缓的坡面，一路小跑地来到了这条江水的神来之笔——江心洲上。那里泥土湿润，松软，湿湿的一层粘在了我的鞋面上。前面还有几行脚印。显然，我已不是第一个造访者了。

踩着江心洲上的沙砾和泥土，仿佛只要我把手贴在胸口，就能摸着那一盏盏的心跳。我暗自惊奇，堤岸边就是车轮滚滚的交通要道，灰尘扑面，嘈杂切切，而在江心洲上，不，应该是从堤岸下来，就仿如置身于另外一个世界了。

这个世界是那般奇异！在堤岸上还是风雨交加电闪雷鸣般的心灰意冷，可一到江里，便风平浪静，就像什么也没有发生过。是的，在不经意间，我已恢复平静，内心安宁，神情淡定。这江里一定有一道无形的过滤带，会将乌云一般的心情和嘈杂的世事，在瞬间给彻底清理；这江里一定存在一种神奇的力量，支配和干扰着闯入者的心境和思想。

一切，在这洲上，似乎都还为原初状态。

这里，是否就是那个人类诞生以前，大地母亲十月怀胎的温暖的子宫？

漫步于江心洲上，在这生命的起源之地，我像极了一个刚刚来到人世的孩子，对这条江水产生了从未有过的好奇和浓厚的兴趣。它从哪里来，要到哪里去？哲学最基本的命题，萦绕在我心际。

这是一道南北走向的江水。从南方的山林里汇集而来的碧如蓝的江水，盈满了秋冬两季枯涸的河床。江面上蒙着一层薄薄的烟。稍远一些的地方，烟云不分，水光相接，天地浑然一体。

江水在微寒的风中，漾开花朵一般的涟漪。它们带来了南方的春汛，在沙丘的豁口上缓缓流淌。几米开外，水是蓝色的，或者带着青泥一般的颜色。而在我的足下，它们又变得无比清澈……这是没有掺入夏季的泥沙，还没有受过工业污染的水，漂亮极了！

穿破云团与薄烟的阳光，在江面点水成金。一溜溜儿的碎金，像鱼的脊，也像鱼的鳞，在水里闪烁，翻滚！

河湾里停泊着旧的渔船，那该是夏秋之交吃河鱼的好去处吧。它的旧与一江春水倒是极为谐调。它的存在，甚至给江心洲带来了一种别样的情调。一道古老的江水，需要一条周身泛着旧木头光泽的渔船，停泊其上。

有了船，江水像一首古诗。

两个词语重叠在大地上，像两只歇息的鹭鸶立在船舷。

我这么想着的时候，当真有一群水鸟划过天际，有鱼冷不丁地跳出江面，

▲ 向迅 摄

也有啾啾的鸟鸣，从隐秘处的丛林里悠悠传来。那是从一幅画里斜出的几行优雅的鸣声，大概像极了昨夜浮在江面泛白的月光吧！

放眼望去，江心洲上，岸边的洼地里，早已绿成一片。

前几天在院子附近的马路边觅得几朵报春花的踪迹，以为那是最早的春天了；在人工湖边发现了咬紧灰色芽苞的柳条，也以为那就是最早的春天了。可哪里想见真正最早的春天，早已在江心洲上扎下了一片绿色的根基，在靠近江水的江堤上，荡漾开了一整条江的绿色。

那些绿色，不是遥看近却无的绿色，它们已经蓬蓬勃勃地从泥土里生长出来了；那些绿色，在这个上午，是那样养眼，显眼，耀眼！

那些绿色，接天连地的绿色，一下子从我的眼里，长到了我桎梏了一个冬天的心里。我清晰地感觉到了它们势不可挡的力量。直至我的身体正像眼下的这道江水一样，向上猛然窜了一截，我才恍然大悟：大地上最早的绿色，就该出现在养育万物生命的河床上。

只有母体一样温暖和肥沃的土壤，才可能最先开始春天的萌芽。从江心洲上慢慢退回至堤岸，我怀疑整个大地上的春天，都是由河床上那丰茂的绿色蔓延而去的。

事实上，世上的春天有两个，一个在我们的眼里，一个在我们的心里。盛满了阳光和爱心的人，心里的春天一定比别人的春天来得更早一些，或许，那就是一个永远也开不败的春天了。

抬头望天，又一只水鸟在天空里飞翔。它飞得是那样慢，仿佛就在原地轻摇一对小羽翼，直到缓缓把自身摇曳成一个影子。它的漫不经心，是如此闲淡与优雅！

一只水鸟，是从江上起飞的一小块陆地，一小朵春天。

寻隐记

火车开往常德，在三月的一个好天气里。那是一个与鄂西山地把身体挨在一起的地名，我多少次回故乡，都曾在那片土地上留下我的呼吸。以前，我是过客；这一次，像归人。不知是否与这一次我将常德当成了目的地有关？天空里流云飞度，大地上黄金遍地。在恍惚而逝的车窗里，大地静美。山间坝子里或水田中，一朵朵一块块金灿灿的油菜花，把我熏染成了一只醉在归途的蜜蜂。

越过了城市留在大地上的阴影，另外一个世界在不知不觉中降临。临窗的座位，盛满了阳光新鲜的汁液。那一路，如同漫步在一条铺满了鲜花的路上，妙不可言。那是一把春天的椅子。我坐在上面，目光迟迟落在平整如画的水田以及大地中央的人烟上。从益阳北上，洞庭湖平原遥遥在望。丘丘水田连成一片，连到坝子边的淡青山峦，连到天边天蓝色的底，连成春天宽广的舞台。

那是堪比江南的好山色。江南来了，恐也要自逊三分。人烟算不上稠密，民房黑瓦白黛，或在水田中央的空地，或在山峦根下的平坦坝子，像从泥土里生长出来的一株株稻子，与那一块让心灵安宁的天地，没有一丝一毫的生分。那是乡村的优雅与诗意。这样的优雅，很容易让人忘记生活中的艰难与苦涩。生活于斯，城市的喧哗与尘埃怎抵得住流水和月光的洗涤？受伤疲惫的心灵，在此得到山风的包扎，虫鸣的抚慰。世间良药莫过如此。

此地适宜隐居——这个念头忽地掠起，像一只忽然从水田里掠起的鹭鸶。而这恰合我的心意。此行的目的，正是要去常德鼎城寻觅尧舜时期的著名隐士——善卷的踪迹。或许大地早知道了我的这个想法，在我出发之时，就已为我让开了道路，给了我一个如此漂亮的开场白。

在此之前，我已预习了一些功课。生活在上古时期的善卷先生，不仅受到当地群众的敬仰，还受到尧舜禹的格外尊敬，尧被他的"德行达智"所感动，拜他为师，帝舜曾欲禅让帝位于他，被称为中华民族的"德之始祖"。而他当年击壤而歌，开启民智的地方，正在今天鼎城区境内。

春风一路送我到常德。从火车站出来，不明去路，却碰上了以揽客为业的捎客。我一向厌恶这类纠缠不休的人，只要有车站的地方，就见得着他们的影子。碰到他们，我都是极力避让的。而这一次我却向那位充作捎客的妇人打听起了去鼎城的路，广场上行人实在寥寥。没想到那妇人没有计较我先前恶劣的态度，向我详尽地介绍了前往鼎城的公汽换乘路线。

按图索骥般地来到鼎城，欲径直去区政府所在地——善卷垸。善卷垸曾是善卷隐居之地，也是尧帝赐给他的封地。据说他死后，就葬在垸内的鼓槌子沟一带。我以为善卷垸就在区政府的大院内，便向阳明路上的店铺打听起去区政府的路来。起初向一位米粉店的老板娘打听，可能她也是刚来的外地人，并不知情，一位路过的大姐听见了我们的谈话，便停下来告诉我该如何如何去。如此热心肠的人，不愧为善卷故里人，我颇为感动。

然而善卷垸之大完全出乎我的意料。我怀着兴奋的心情，以为就要在区政府的大院里看见鼓槌子沟、牛头港、洗耳滩、善卷钓鱼台以及善卷古墓等遗迹了，可我把区政府的大院寻了一遍，也没发现任何一处遗迹。在院内向好几个人打听"善卷墓"的方位，都告知不清楚。很有一些失落，不禁在心里埋怨起那些资料的不可靠来。

▲ 向迅 摄

▲ 向 迅 摄

　　自区政府出来，不知向何处寻觅善卷踪迹，无意间却望见了马路对面有一家挂着"善卷书屋"匾额的小书店。心想店主该是一位文化人，应该知道善卷墓所在的位置。开店的是一对夫妇，也不知晓善卷墓位于何处，只是用手指在空中划了一道弧线，说这一大片都是善卷垸呢。也就是说，区政府只是善卷垸的一小部分。他们还告诉我，寻找善卷，要去德山。

　　我仍不死心，沿途打听善卷墓的位置，却没有一个人知道。他们的态度是热诚的，大概是我的普通话听起来有些突兀吧。虽然如此，心里也有值得

慰藉的地方。我在阳明路上，看见了"德行天下"这样的标语，挂在路边建筑的醒目位置。还有一些商铺也打着善卷的名号。我边走边在心底揣测：这样的标语和名字出现在鼎城，恐怕已经不仅仅是口号和符号了。

去德山成为唯一的选择，公汽很快将我们带到郊外。金灿灿的油菜花不时在车窗外闪烁，空气中混合着泥土的清香以及油菜花醉人的芬芳。那时，车已经在宽敞笔直的善卷路上行驶了。车快拐入莲池路时，眼前出现了高架的桥梁，还隐隐在电线杆上望见德山公园的标牌。一条清秀的小河把个转弯处勾勒得轮廓优美，一叠小山也在我不安的目光里跳跃。我有些激动，以为德山就到了。欲在莲池路的第一个站台下车，车上行人说还有两站。

两站之后的站台，乃德山生活湾。眼前只有现代建筑，并无苍翠的山，方知下迟了车，幡然醒悟那车窗外一晃而逝的一叠小山，就该是德山。打车前往，途中又遇见了那条小河。不知为什么，从第一眼看见，我便对它产生了莫名的好感，便料定它该是有一个动听的好名字的，不然它怎会生得那么秀色可餐？问师傅，却得到一个颇有意思的回答：管它叫什么呢，就叫小河。

山就在小河之滨，"峨然而高，郁然而深"。葱郁的树木簇拥着一条石径，让人想起古诗中"远山石径斜"的况味。道旁古木苍天，青苔遍地，不知道深几许？拾阶而上，仿佛走入一条幽深的时光隧道，要把我带到那个遥远的上古时期。发生在那个时期的事情，很能滋生我们的想象，心生向往。

三亭矗立在一孤峰上，在亭下仰望苍穹，温润的春风从四面的山野里涌来，真真是惠风和畅啊！

从那孤峰下来，一片竹林从另一叠小山上倾泻而下，交错着鹅黄与苍翠，着色喜人。隐约可见山顶有茅棚浮现，一顶小拱桥与铺满了竹叶的山径在竹林里旁逸斜出，以为地图上标识的善德观就要到了。不料登上山顶才发现，那茅棚原是一仿古凉亭的顶，有三两游人在亭下歇息。山脚的平地上如一沸腾的鼎，一群学生在进行拔河比赛，但山林依然清幽。

山湾处，一大片竹林掩映着木制的房舍，还有一条木头铺就的沿廊，颇有古风。我急于想见到善德观，却又不知道善德观究竟是什么面目。只是从资料上得知，善卷曾在孤峰下，枉水之滨，设坛传道，名坛曰：善德观。以教苗人，舍己从人乐，取人于为善。那时的观应当不是庙宇一类的建筑，当是茅屋草棚。看着那山湾的房舍，我的心底又燃烧起了希望。

那是一处冷僻的被废弃已久的房舍，却不是我想见到的善德观。不过，如此幽静的处所，我想善卷当年应当是来过的。竹林深处有大理石墓碑，却不敢贸然前往辨认，暗衬那善卷墓该在善卷垸，不该在此深山吧。向四野望去，除了那条通往坝子平地的陡峭石级外，再无他路。寻遍了一座山，也不见善德观的影子，不禁感叹：善卷或许只是一个传说！

望着苍苍德山，心里空荡荡的。虽心有不甘，却再无前路，只有原路折回。然而世上事总有峰回路转的时刻，就在我折回到凉亭时，从后面跟来了几个人。他们或许就是刚从善德观来呢！我连忙向为首的大哥打听，他却直摇头，说也是从外地来的。就在我彻底失望时，一个文静的小姑娘遥指坝子对面的浅淡山峦，说翻过那山峦，就是善德观了。顺着她手指的方向，果然在树丛的间隙发现了庙宇翘起的一角飞檐。

匆忙赶过去，身心訇然洞开。穿过那片小树林，一排气势恢弘的殿宇卧于山间平坦的坝子里，红色的琉璃瓦在下午金色的阳光中熠熠生光。那是一排刚刚完工不久的庙宇，地面的泥土还很新鲜，散发着浓郁的山野气息。即使没有那面高大的书有"善德观"的牌坊，也可以确定这里就该是善卷曾经设坛传道之地了。

尧帝当年南巡途经武陵，拜枉山奇人善卷为师，大概就是在这一片山野里行"北面而问"的大礼的吧。

上古时代的事情，本已不可考，可我依然坚信众口相传下来的故事，曾经在这片土地上真实地发生过。当年的那个帝王之礼，是尧帝行给善卷本人的，也是行给大德与大智的。那是一个天人合一的时期，德智在管理者眼中，与天地同仁。我不得不敬佩尧帝放下帝王身段，虚心求教治国良方的态度。他为历代管理者做出了礼贤下士的好榜样。

善卷殿里，与善卷有关的传说都被画在了墙壁上。在画师笔下，善卷一副原始人打扮，以草叶裹身，裸着胳膊与脚。那其实也是善卷在画师心中的形象。今人谁也不曾见过善卷，而善卷在当时的条件下，也不可能为后世留下一张画像。我们和善卷之间，隔着四千多年的距离，一切都只能凭借想象。而决定想象是否合理的标尺，就是那个结果是否符合我们对于德的理解。

▼ 向迅 摄

那一片坝子，的确是激发想象力的一个好地方。古籍上对善卷记载不多，只有寥寥数笔，但那丝毫不能妨碍善卷的德行在天下像种子一样，发芽，继而长成参天大树；像风一样，经久不息地吹拂着这片大地。在这个世界上，没有谁的生命比活在一代又一代人心中的生命更长久的。而在今天，善卷显然已是德的化身了。

善卷离我们很远，却又是那么的近。在他曾经耕种的田地与山林，我们的脚步与目光叠加在一起。那一层层肥沃的泥土，叠加着四千多年的时光。站在善卷殿前的泥地上，可以望见牌坊前燃烧着的油菜花。那是农家阡陌，种着菜蔬与油菜。行走在田埂上，感叹着泥土持续的肥力，像那被人广为传颂的德行一样，时时催发新生。

到德山之前，我以为它是热闹的，却不曾想到它是如此寂寥，像被遗忘在世上的一个角落。然而这又有什么不好？这叠小山本就是善卷为避舜帝禅让帝位于他的烦恼而隐居的深山。那时，这山也不叫德山，而叫枉山，想必比今日的德山要大得多，深得多，不然书上不会这样记载："舜以天下让卷，不受，去入深山，莫知其处。"善卷大概算得上是中国有文字记载的第一位隐士。尽管我们早已把隐的境界分为了三个层次，尽管善卷是隐于枉渚深山，然而在上下五千年的历史里，天下有几位隐士是力辞帝位而遁入空山的呢？那才是真隐士，胸怀天下的第一等隐士。

下山途中，我记起了《庄子让王》中善卷答舜帝的话："余立于宇宙之中，冬日衣皮毛，夏日衣葛被……日出而作，日入而息，逍遥于天地之间而心意自得，吾何以天下为哉？"我在心里反复默诵着这几句话，竟然觉得神清气爽，恍然觉得身体里有一扇窗子，忽地被打开了。我又想起了善卷殿飞檐上的那串风铃，它在山间挽起的风中，奏响了天籁。我曾站在地面，长长地仰望过一次。

在善卷路上走着走着，被那条小河边的一片绿色的台地吸引住。那该是德山的延伸吧。小河从那个不知远近的拐弯处绕着山形环曲过来，美得惊心动魄。据考证，早在三十万年前，这块土地上就有原始人活动。这河边的台地必是养育生命的圣地。

水生万物，德润心灵。

坐在那片台地的绒毯上，大概是再一次想起了德山以往叫枉山，而《善卷祠记》里有"德山苍苍，德流汤汤，先生之名，善德积彰"之句，忽觉身边的小河，如果不叫德流，便叫枉水。

▲ 摩托牧羊　罗鹿鸣 摄

草原札记

一

一个人的夜晚，终究来临。没有一点伏笔。这样一个必然要面对的结果，我在前一天就已知道了，并曾这样安慰自己，终于有时间来跟草原独处了，可以好好地在草原上坐它一个晚上，不眠不休，不醉不归。

从一大清早开始，朋友都相继离开了。一些是老朋友了，一些是新结识的。一些去了鄂尔多斯，一些正赶往故乡。在呼和浩特火车站向羌族朋友告别后，在可汗宫门前送走北京的老师后，偌大的草原，从天而降。我像被遗忘在一个异常偏僻的角落，荒凉感瞬间把我吞没。这种感觉是奇特的。独自面对空荡荡的四野。精神上的重量，也需要一个人的肉身来承受。这些都算不了什么，要命的是，我的胸怀还不足以装下整个草原，我的目光也不能翻越那座轮廓清晰的大青山。我们之间的势力悬殊如此，与它的对视，胜败早已明确。其实，我也从未想过要从草原获得哪怕一丁点的成就感与虚荣感，生出哪怕一

▲ 勒勒车轶语　罗鹿鸣 摄

毫米的狂妄野心。我的到来，或多或少，有一些朝拜的性质。我想任何一个来到草原的人，不管他是谁，大概都只会把自己看成一棵草。渺小得令人绝望，却热爱得无比真实。这的确是一片干净的草原，一片心灵的净土。

那个散漫的下午，阳光响亮，金灿灿的在风中响。

我独自坐在客房里，思绪如马蹄声，如落地窗外的草们，很有一些杂乱无章。我在心里，思念着近在大同的父亲，思念着南方的亲人朋友，也想念清晨向我道别的蒙古族朋友。

期待多时的黄昏，终于像一只飞越了整个西部大地的鸟，缓缓歇息在了草原。

这是此次草原之行所能望见的最后一个黄昏。我迫不及待地把自己扑到了它几近沸腾的胸膛里。把自己融化在这个黄昏里。把那些众多折磨人的烦心事，把个人史上所背负的全部耻辱，把所有的罪责、忏悔和灵魂里的污点，统统扔进西天的岩浆里。在那个涂抹了一些浪漫主义，同时糅进了悲剧主义色彩的黄昏里，我怀着与过去做一次干净利落的清算，让生命重新开始的幻想，我在可汗宫前辽阔的草场上，将双臂展到最大的弧度，紧闭双眼，高昂头颅，把自己的精神一览无遗地伸展在天地之间，接受黄昏的洗礼……

要么像骏马一样奔跑，要么像秃鹰那样飞翔。灵魂，在草原才得以获得最大程度的自由。这两样，我都未能做到。可一个人的草原，究竟辽阔得有些肆无忌惮。你可以放肆想象，可以毫无顾忌地对着茫茫草原，尽情歌唱，尽管生来便五音不全，一亮开嗓子便跑调，抑或喊出、吼出那些生活额外加于你的沉重。

自由，在这里，不再虚无缥缈，而是可以用手一把抓住的。它遍布这里的每一寸土地。在你的脚下，在你的眼中，在你的心里。

草原上到处都是路，每一条都是自由的。我就在繁茂的蓬勃的草场上，走出了一条路。我要沿着这样一条秘密途径，走进草原的内心，步入黄昏的深渊。

很意外的，我在草地上听见了水鸟清脆的叫声，还有起伏着的蛙声从草丛中传来。我感到万分好奇。来了这草地不是一次两次了，这里的干燥让我有些厌恶。哪里来的水呢？鸟鸣和蛙鸣，是一条无形的路，引领着我走向了一个异样的世界。尽管脑海里一直盘旋着一只疑惑的鹰，可到底是怀了一线希望的。当我穿过了一大片厚厚的草丛后，空气突然变得湿润起来，那弯弯的睫毛上，似乎还挂着露珠呢。我突然变得兴奋起来，因我的视野里，已隐约可见一片比草场上更为葱翠的草。那种因水滋养的草，水灵，饱满，翠绿，是一眼就能从大地上辨认出来的。我的判断并没有错。离那片在眼前恣肆生长的草越来越近，繁茂的蛙鸣，俨然齐整的鼓点，而那鸟鸣呢，亦愈加撩人。

我首先看见的是如芦苇一样耐看的水草，好大的一片，在那一面低洼地里，在那样一个静谧的傍晚，翠生生、绿油油地盛开。接着就是水，它们在芦苇的脚下，在芦苇的中央，奶水一样，悄悄地流动着。荡漾在芦苇中央的一汪清水，叫我一下子就想起了蒙古族的美人。似乎是被芦苇的手烘托着，被芦苇青葱的颜色陪衬着——它们镶着厚厚的一层黄金，那是来自西边大青山上快燃烧殆尽的晚霞的光泽。那是有光泽的水。芦苇脚下的水，则是素颜装扮，有些灰黑的深沉。那是一个镶嵌在草场中的湖泊，像一只清澈的眼睛。芦苇是清秀的眉毛，也是漂亮的睫毛。我相信在这个草场的某一角，还存在着另外一只眼睛。我站在一架小小的土坡上，望着这让人心平气静的景象，着实有些不敢相信。土坡上到处是白色的鸟粪，想必这里是鸟儿们喜欢歇脚的地方。一只一只的鸟，在芦苇丛里，不停地发出簌簌的响声。不间断地，我无法进行模拟的鸟声，大方而自由地从茫茫的芦苇荡里传出来。在这样一个时刻，它们变成了天才的音乐大师，把那由无数根芦苇合围起来的湖泊当作了一架钢琴。时不时有水声激起，那是鱼打挺的声音，是青蛙入水的声音。这多声部的曲子啊，此刻就在天地间传唱。

我痴迷地徘徊在湖边湿润的草场上，把头顶的浮云，当作了心底的忧伤。说不清是什么原因，这个湖泊的出现，让我找到了早已遗落的少年情怀。

夜晚来势汹涌，可在湖泊这里，却吃了一点亏。那早已燃烧过了的晚霞，迟迟不肯褪去。在地平线上起伏着的大青山，在霞光的映衬下，已是一匹黝黑的骏马。它奔跑的姿势，是高贵的。仿佛，它真的就是一匹骏马在湖水反射回去的光线中，投在天幕上的影子；那些霞光，是从骏马的鬃毛上散发出来的。只要大青山上方的霞光不泯，那面湖水，就不会失去镀金镀银的本领。可天究竟是一点一点地黑下来了，我却惊异地发现，黑夜是从芦苇丛里生长出来的，是从大青山的山体里生长出来的，是从那些倔强的树木里生长出来——这些黑夜的枝蔓，怎么可能挡住湖水的光亮呢？我沉思着想用语言将这个湖泊装饰一下，却以失败告终。

不知熬了多长时间，那天空中的黑色云团，终于使出了九牛二虎之力，把自己与大青山合二为一，大地似乎彻底崩溃了。那个如半岛形的巨型黑色云团，是一块安置在蒙古包上的门帘。把它拉上了，就把白昼给关闭了。可那天空，那蓝莹莹的天空，那似乎是被水洗过一般的天空，是永远也不会黑下来的。

夜鸟依然在不停歇地歌唱，远方的树林里，还传来布谷鸟的声音。夜，真的静谧极了。草场上那些浓墨重彩的树，一棵棵在蓝莹莹的天幕上，清晰地呈现出自己的意志和形象。两三盏灯，在黑色的树林的枝条间或亮着。

一盏灯。一个蒙古包。

在黑夜的寂静中，昌耀的诗，不知何时如一尾鱼冷不丁地从我的脑海里跃起：

静极——谁的叹嘘？
密西西比河此刻风雨，在那边攀援而走。
地球这壁，一人无语独坐。

二

离开草原的那个上午，我一直在草场上漫无边际地行走着。

说不清楚究竟是什么原因，草原让我如此迷恋。

有一个声音，一直萦绕在我的耳边：走下去吧，孩子！这里也是你的故乡！我知道这是内心或者说是灵魂，在对我发出召唤。我唯有服从和响应这召唤，我才能暂时忘却即将到来的离别，给我带来的不快。

遗憾的是，我又起晚了，再次错过了日出。去年初夏，我也曾在这里小

▲ 草原符号　罗鹿鸣 摄

住数日，却始终没有摸清草原的天，究竟是什么时候亮的，就像我从未看见草原彻底的黑下来过。即使深夜了，草原依然被一层奇妙的光晕笼罩着。昼夜在此的界线，诡异模糊。如果硬要找出那么一条界线，那或许就是站在草原任何一个角落都可以望见的大青山。这架横贯草原东西的山脉，在我的视角里，既是白昼的发源地，也是夜晚的归宿。

我避开了草场上那几条痕迹明显的路，向着青草茂密处一路走将下去。

六月下旬的草原，芳草碧连天，野花遍地。类似于南方野麦子和青藏高原青稞的青草，在草场上随处可见。这种生长得最为丰盛的青草，在上午热烈的阳光的照耀下，每一棵都是那么翠生生、亮汪汪的。把身子蹲下来，从草尖上望过去，全是即将饱满的穗，沉稳的出现在我的视野里。它们像被镀上了一层金属，也像身着铠甲的将士，却又不显得沉重。把草尖折断，嫩绿色的汁液，一下子就冒了出来。那或许是草茎里的血液。

泥土的气息，在草丛和大气中弥漫——那是我们的生命无以逃遁的气息，每一颗在大地上游荡的灵魂，都会被它深深地吸引着，迷恋着。这种醉人的气息，涌遍我的全身，顿时生出无边的宁静感。

我的身体，确乎被宁静填满。

我的身体，似乎诞生过十万个清晨，同时也收容过十万个黄昏。以前，我总以为身体是空的。而这一刻，竟有一种充实感。

青草，从四面八方涌来，挟带着我，向更远的地方涌去。

草原上，每一步都成天涯。我在心里琢磨，更远的地方在哪里呢？我在茂密的草丛中穿行，身后的茫茫草场，出现一行潦草的人迹。

茂密的青草根部，厚厚的绒草，生成一张天然的草毡子。踩在上面，很是惬意。簌簌的脚步声，不时会惊起一只歇息在草丛里秃鹰——事先没有任

草原札记 | 099

何预兆，只听得一阵扑扑的声响，从你身边的草丛里炸开，把你吓了一跳——草场上实在太安静了！惊恐间，身型肥壮的秃鹰，已掠过你的头顶，眼底空留一道飞翔的弧线。附近的深草丛里，时不时也会出现我辨识不出的响声，迫使着我绕道而去。我猜测那里面，一定有生命在活动。这望不到尽头的草原，是多少生命与生俱来的故乡啊。

不知道走了多远，回望可汗宫，只有它的穹庐顶还在草尖上浮动。

我再一次停了下来。一地繁花，让我不忍抬起脚步。我的目光，也为之久久停留。我那一向挑剔的目光，似乎也找着了故乡。

花香成河。那是由一片花形酷似豌豆的淡蓝色的碎花开成的花海，密密匝匝的，细细碎碎的，铺了厚厚的一层。花海中，间或夹杂着一些花朵大如菊也形如菊的一种由深黄色花瓣簇拥着褐色花蕊的花朵。还有一种全身开着浅黄色的迷你小花的花朵。这都是南方见不到的，我叫不出它们的名字。它们友好地生活在一起，把彼此的绚烂，一起绽放在耀眼的阳光下。而草原，也因了这些遍地可见的花朵，成为大地上耀眼的所在。我说不清，在这一块小小的花的王国里，谁是主角，谁又是配角。可转眼又一想，这里的生命天生就是平等的。在大好的时光里，它们只管热烈地开，尽情地在草原上燃烧。哪像我们，总是处心积虑的做事，生怕出现丝毫的闪失。

没有思想包袱的花朵，开得最灿烂。

没有思想包袱的人，活得最快乐。

这些开得无拘无束的花朵，每一朵，似乎都是一个微笑。这片花海，像草原天生写就的一篇锦绣文章。也就是在我蹲下来仔细阅读这篇文章的时候，我突然想起了草原上一种叫做萨日娜的花。那是我唯一认得的一种草原花。在我的眼里，它有朴素的一面，形似牧羊的少女，也有高贵的一面，貌若王妃。而蒙古族的朋友说："这是草原上最普通最朴素的一种花。虽然它是红的，却不妖艳；虽然它是朴素的，却不自卑。"草原上很多姑娘就叫这个名字。我曾问过一个叫萨日娜的姑娘，为什么你们的名字直接来自于草原呢？她说那是因为她们就生长在这片草原上，草原是她们的一切。她们热爱草原上的事物。同时我也想起了前日晚上，我和几个朋友在草场散步的事情。羌族的兄弟，是一位诗人，望了望头顶密集的星空，说起了诗人们对星河的比喻。他说见得最好的句子，是把星群比喻成了箭镞似的暴雨和盛开的爆米花。

在草原上，花海无疑对应着天穹里的星群。互为隐喻的它们，或许真的存在着某种难以破译的联系。

◀ 蓝色飞燕草　罗鹿鸣 摄

　　我在心里暗暗猜想，在花海里忙碌的蜜蜂们，是不是有那么一两只因这里的美和甜，最终忘记了归途呢？或者是被花蜜给醉翻倒在了地上呢？或者是因采了太多的蜜，而累倒在了途中呢？

　　草原，给人的想象提供了无数可能。

　　我似乎已经来到了草场的腹地。万迹人踪灭。

　　东边无垠的草原上，一个耸立在地阶上的敖包赫然入目。我在这样一个时刻遥望它，无边暖意在心底涌动。前日晚上，我和另外四个不同民族身份的朋友，曾漫步到那里。登上台阶，举目眺望，夜色里的茫茫草原，尽收眼底。哈萨克族的年轻诗人，在敖包下朗诵过即兴创作的诗歌。敖包上空的大气层，或许把那样一个纯洁的时刻，早已拍在记忆的胶片上。

　　草原，乃万物的故乡。若把时空骤然缩小，我肯定只是蚂蚁那么大的一个小黑点，与铺天盖地的青草和盛开的鲜花们，拥抱在一起。

　　从草原深处荡过来的风，再次把我灌醉。在草原上，人人都是醉汉。醇香热烈的马奶酒醉人，激昂高亢的马头琴醉人，苍凉悠扬的蒙古长调醉人，一直铺到天边的青草醉人，天边的云朵醉人……

　　我带着一身醉意，从草场里走出来。略略夹带了一些忧伤。

　　各人都有自己的故乡，终有一天，都要回到故土。

　　但不妨碍，把心留下，爱这草原。

　　与以往的离别不同，这一次，是从心灵的故乡，赶往身体的故乡。

　　故乡辽阔，盛得下我的颂歌。

▲ 玉龙雪山晨曦　罗鹿鸣 摄

神在那里

一

有一座山,我从未攀登过,可它不曾离我远去。自从我看见它的那一眼开始,它便翻越了我身体的重重障碍,牢牢地在我的心底生了根。因那不是普通的山,而是一座神山。不论我走到哪里,我都能感觉到它在大地上的存在。横亘在我们中间的那些数不清的山脉,既不能挡住我的视线,也不能遮蔽它的高度。

如同两个在异域重逢的人,一握手心底便生了闪电,一对视便再也无法相忘于江湖。

在知道它的名字前，我不知道世界上有这样一座山，尽管它一直在那里，尽管它早已是生活在它山脚下的众多民族的保护神的化身，尽管它早已为域外之人所知，为天下人所晓。在这个无限辽阔的世界面前，我像一个刚刚诞生的婴儿，处处好奇，却又一无所知。我对自己的无知感到无地自容。在我来到这座处处可以仰望到这座神山的城市之前，我对这座声名赫赫的城市也是茫然的。

我在电话里问丽江方面的联络人，请教丽江在广西的什么位置？

那人很明显地惊愕了一下，你说什么？广西？不，在云南呢！

——这么轻易地就暴露出了我知识上的缺陷，我赶紧掩饰，不好意思，记错了，记错了！

我知道丽江是一座美丽的城市，只是将它连同天下所有美丽的城市，都不自觉地划归给广西了，以为只有广西的山水才会生出漂亮的城市来。后来我才明白，我是糊里糊涂地将丽江与丽水混淆了，可那丽水，又远在浙江，两者虽只有一字之差，却千差万别，一东一西，隔了几天几夜的距离了。天才知道我曾经沾沾自喜的一肚子地理知识跑到哪里去了。

那个乍暖还寒的清晨，当我千辛万苦地赶到丽江，当我已在丽江睡了一宿拖着行李箱一路打听着气喘吁吁地爬到狮子山的半山腰时，从后面跟上来两个美女。看我的一身打扮，她们便与我搭起讪来，你是某某吧！我点头称是，她们就要过来帮着拿行李，我拒绝了。就一个行李箱，让她们拿着，我岂不是空着手了？多不绅士！

我是去丽江广播电视台旗下的一家杂志社报到的，去那里做实习编辑。表现好的话，毕业后就可以留下来。路上遇见的，是杂志社的同事。一个是阿敏姐，一个是小和。

等我们爬到山顶，太阳已经暖融融地照着我们了。一个院子盘亘在山顶，阿敏姐用手指了指，喏，这就是电视台了！她再转过身去，遥遥地指了指远方的一座山峰，那就是玉龙雪山了！顺着她的手势遥望过去，越过山脚的丽江新城，越过灰蒙蒙的地平线，果真望见了一座云天一色的山峰，像天降的一道圣旨，在众山之上闪耀着圣洁的光亮！我们站在山顶，望那渺远的银色处，分明又是仰着头的，那是太阳落山的地方。

我没有将心底的感叹说出来，丽江的天可真蓝呀！玉龙雪山可真美呀！

跟着她们走进了院子，脑海里无端地多了一点什么，恍若一匹白色的骏马。

终于见着了那个联络人，杂志社的执行主编王女士。她找我简单地聊了一下杂志的一些情况，布置了工作，安排了住宿的地方。我暗自欣喜，我的办公桌紧靠窗子，窗子是一个天然的取景框，一眼望出去就是大半个丽江的景色。住宿的地方也就在院子里，便当得很。出院门没几步，大研古镇的全貌便尽收眼底。卧室的窗前，一小片树木生得标标致致。

　　当然，还见着了另外两位同事，美编小杨，摄影记者高力。高力是以色列人，高大英俊，一脸络腮胡子，虽然被刮净了，可那黑色的胡须根却很醒目。

　　在中午的接风宴上，我出了一点洋相。第一次跟外国人共事，我想跟他聊聊。怎么聊呢？我企图把我所记得的英语单词一股脑地端出来，再组合成短语和句子。让我郁闷的是，我搜肚刮肠了半天，也只硬生生地挤出了那最最简单的一句：你从哪来？大家听了，都微微笑了起来。王主编说，你用汉语跟他说就好了，他会说普通话的。我红了一阵脸，却不知跟一个外国人该用普通话交流什么了。只是专心地看着他摆弄相机，啪啪地拍起刚端上桌的菜肴，站在桌上拍起灰色屋顶上蓝得令人心碎的天空与紫红色的霞光。

　　我们坐的是二楼的雅座，站起来便可望见大研古镇绵延不绝的屋顶。鳞次栉比的、层层叠叠的屋顶，一直从我们的眼前铺到遥远的山脚，顺着山势铺到了天上。

二

　　每天，我都会下山去吃晚饭，然后再顺道去古镇逛逛。所以我每天都有机会站在山顶，望望那座我所陌生的玉龙雪山。黄昏时分，红彤彤的太阳在雪山偏西的位置燃烧着，雪山之巅在火红的晚霞的映衬下，略略有一点醉意，披一身银色的锦缎。黄昏和晚上的狮子山绝少有闲人上来，有时我便像一只拢起翅膀的鸟，孤独地坐在山顶，出神地望那天边遥遥的山色。

　　那被众山簇拥着的银色山巅，像一个不可接近不可破解的咒语，像一个我们永远也抵达不了的意境。我是孤独的，在那么热闹的一个地方。何以解忧？唯有雪山。雪山如杜康，知人心意。我反复在心中临摹雪山，欲把它刻在心底。

　　我有时在四方街坐到半夜，才摸着月色爬上山来。春色尚早，天气还寒。到得山顶，我总是忍不住回头望那暮色中的雪山，虽然眼里只有一个梦一般的轮廓，心底想的却是一句古诗：晚来天欲雪，能饮一杯无？

夜晚的丽江，是喧闹的，是疯狂的，酒吧街上"呀嗦、呀嗦、呀呀嗦"的叫喊声和对歌声会持续到深夜。唯有雪山，千年静默，万年如斯。

遥望山色有无中，误把人间当天上。

有两次，我俨然到了雪山的山脚。一次是去东巴谷采访已名闻云南的小明星小蜜蜂，一次是去玉水寨采访东巴纸造纸传人李传先老先生。

记得去这两个地方的途中，都要穿越宽阔的高原草甸地带，汽车跑得飞快，不像是在地上跑，像是在天上飞。除了光秃秃的山脉和生长着丛林的森林，雪山总是出落在车窗里，一会在左窗，一会又到了右窗——我们就要径直开到山脚了，却在最关键的时刻又偏离了轨道，就是进入不了它，这人间禁地。不管我们的车速是如何快，也不管我们是在峡谷里还是在平坦的草甸子里，雪山始终盘亘在群山之上，像山中帝王，或者说那些群山都是从雪山脚下绵延而来，它们是雪山放养的马匹和羊群，是雪山放养的神话。

在玉水寨，对雪山的感受尤为明显，清澈的雪山水顺着山涧淙淙流淌，金黄色的草甸子下都流着它们悦耳的声音。那声音，如月色，很遥远，却又就在脚下，就在眼前。曾经那么遥远的雪山啊，此刻就在我的目光之上，就在我正走着的山路的尽头，就在那流动着的一汪汪清水里，就在那一朵朵朝天盛开着的蒲公英的芬芳里。

目光里的雪山，活像一尊神。不，那就是一尊活神。

在活神面前，我看见山脚的树与草，都与山势保持着一个紧密的角度，偎依在神的怀里。可它们又是完全自由的，树想怎么长就怎么长，花想怎

▼ 傈僳族火塘　高力 摄

开就怎么开。你一定在那草坡上听得到花儿们在唱歌,风中的树们在朗诵圣洁的经文。一座雪山,就像一本圣经。自由在此无处不在,无时不在,不需要斗争,不需要流血,那无边的自由,像满坡满地的蒲公英的花朵,随意开放,浪漫热烈,像坡上的小马驹,完全按照自己的意愿行事,不拘一格,像天空里的飞鸟,任我腾跃,不受约束——它们像是贴着天空的肚子飞翔,出落在云中。

那自由浸透在空气里,深吸进去,肺腑生香。

三

在那一段日子里,我独自执行过一个任务,采访在云南颇有一些名气的土著歌手——土土。初出校门,不懂江湖规矩。王主编事前交代在采访时一定要摆正自己的姿态,你作为记者,是代表杂志社,和他是站在一个平等的位置。可在正式采访前,我还是不经意地说了一句,你是我见到的第一个明星呢!王主编立即插话,要不要给你们拍张合影?

采访很顺利,稿子也写得快,因这一次,我就被称之为快枪手。

小小虚名,不足为道,倒是土土身上所体现出来的那种对梦想执著追求的精神,给我的触动特别大。大学毕业后,他很顺利地被分配到省城的一个政府部门,从事着与自己专业紧密相关的工作,多令人羡慕呀!他却为了实现自己的音乐梦想,不顾家人的反对,毅然辞掉了工作,在昆明组织了一个

▲ 酒吧狂欢　罗鹿鸣 摄

乐队，一心一意从事着前途未卜的音乐事业。好在经过一些年的坚持，他已经闯出了一些名堂。

上班之余，我认真听了他送给我的一张新专辑，都是极棒的原生态歌曲，有一股子野劲，很带劲儿。

王主编的经历也颇耐人寻味。她原是四川某交通局的公务员，后来辞职，先后在深圳和北京等地当翻译，年薪闯过十万大关，最后却为了割舍不下的文学情结，和男友高力来到丽江编起了杂志。我离开丽江一年后，从她的博客了解到，她又将杂志社的工作辞了，和高力一起去了以色列。

还认识一个摄影发烧友，他在丽江的外号叫砂子，也是将好端端的公务员工作辞了，只身来到丽江买了一个纳西院子，专门干起了摄影的行当。我去过他的小院，位置不算偏僻，就在四方街附近——很大的一个院子，楼上楼下好多房间。房间平日出租，价格由驴友任意给。他在院子一角用原松木搭了一个电脑架，在那里处理图片。大白天的，哪怕屋子里没有一个人，大门也亮亮地敞着。

像他们这样的一类人，在丽江不是少数。

来到这里生活的人，都是懂得生活的人，都是性情中人。在此前，大家都有一段不算短的人生经历，有一天终于悟透了，我所要过的生活是什么样子，我应该到什么样地方去生活！于是，他们就放下了原有的一切，来到这里，获得了新生一般。自认为处江湖之远，却又身在江湖。江湖因为他们这些侠肝义胆之人，因他们这些重情重义之人，而有了令人向往的温度。

连在此做生意的人也是，譬如说那个被传得很邪乎，身世和他的外表一样神秘莫测的蚂蚱教授，每天就只卖六只蚂蚱，每只蚂蚱一元钱，这个铁定的数卖完了，绝不多卖，卖不完呢，也绝不恋战。还有卖木雕的师傅，只将他的作品卖给与他合得来的人，这合得来，有时仅仅只是一个眼神的交流。如与他性情不投，即使你出价再高，他也不卖给你。他是给自己的作品在众多的卖家中物色一个有性情的好婆家。倘若一辈子也遇不上这样的朋友，那他就一辈子不卖。那作品也就升格为非卖品了。

四

丽江从来没有冷清过，却从来没有失去过自我。每天，都有来自全球各地的人向这僻远之地涌来，把个大研古镇和束河古镇挤得满满的，仿佛这个

▲ 玉龙雪山风光　罗鹿鸣 摄

以玉龙雪山为中心的小城,从来就是世界的中心!难道,每一个来到此地的人,都可以在自己生活的地方,一抬头就望见玉龙雪山了么?每个人都是那么快乐,都是那么从容,都是那么散漫,都是那么自由。

我从来没有放弃努力,想把每一个来到此地的人的想法搞清楚。到底是什么召唤他们不远千里万里地来到这弹丸之地?又是什么让他们将过去彻底封存,而来到此地重新开始?

我想,一切都与玉龙雪山有关。不是可以从雪山上的某一个神秘之处通往"玉龙第三国"么?在这个人人向往的第三国里,"有穿不完的绫罗绸缎,吃不完的鲜果珍品,喝不完的美酒甜奶,用不完的金沙银团,火红斑虎当乘骑,银角花鹿来耕耘,宽耳狐狸做猎犬,花尾锦鸡来报晓。"这是一个什么样的国度呀!

依我看呀,这整个丽江就是这个世界上的"第三国",人人心向往之。

现在回忆起来,令我后悔万分的,就是我为什么没有跑去登一登那神山!对于一个22岁的小伙子来说,时间是多么充裕呀,多得简直花不完!可我总像一个漫无目的的醉汉,就在古镇里很快耗尽了那一个月的时间,哪里也没有去。我已忘记了站在古镇里,是否可以在仰头间一眼望见天边的玉龙雪山,却清楚地知道流动在院前屋后清亮亮的活水,都是玉龙雪山的汁液!雪山,

108 ｜江心洲上的春天

▲ 大鹏展翅　罗鹿鸣 摄

是丽江一切生命的源泉！

更令我后悔莫及的是，我完全可以留在玉龙雪山脚下，却在一个月之后，鬼使神差地跑去了中原！毕业后，王主编联系我还要不要去杂志社，我却打算留校任教，百般推脱了！然而更富戏剧意味的是，我在留校成功后培训的第八天，突然从学校蒸发，去了一座陌生的城市！等我迷途知返时，却悔之晚矣。我从此相信了命运，以为命运早已安排好了一切。

可是我现在分明又感受到了玉龙雪山的召唤，好像只要我把头抬起来，就可以望见它！我可是身在湖南啊，那么庞大的一座云贵高原，当年火车气喘吁吁爬了一天一夜的时间，像踩着天梯一样才爬上去的云贵高原，居然挡不住我的视线，遮蔽不了雪山的高度。它是不是又在向我发出邀请？

据说，纳西族的保护神"三朵"就是玉龙雪山的化身。这座被人格化了的被神化了的雪山，不仅在纳西族的眼里永久矗立，而且在他们世世代代的心里永久矗立。

每一个纳西人都有三座神山，一座在眼里，一座在心里，还有一座在信仰里！

如此想来，我从未攀登过玉龙雪山，或许是正确的！

神山，只能是景仰，所谓高山景行，立马不前！

神在那里 | 109

地平线以下的春天

见惯了花红柳绿的春天，看厌了千篇一律的风景，怎么也没有料到，在这个金沙江边的坝子里，藏掖在这个地平线以下的村庄的春天，是那样的打动人心。

从雪山那个方向吹来的风，从车窗外一脸一脸的吹过来，清新沁凉。汽车在高原上急速行驶，向后成片成片倒去的是枯黄的草甸和一些枞林。地面上是黄的着色，裸露的沙石呈白状，它们和目光所及处的湛蓝的天、青灰的群山，一起绵延成高原独特的状貌。雾气缭绕的雪山很是耀眼，一片银灰在阳光里熠熠生光。山在很远的地方，坝子仿佛没有边界。海拔高的缘故，天显得格外的低，正是如此，这里的天空有一种透蓝的令人心旷神怡的美。那种美，是干净，是明澈，是不掺任何杂质的原色。

这是生命里第一次在高原的草甸中感受生命，而就是这一次，那些枯黄的草，那些缺乏水分的灌木丛，让我发现生命蕴藏的力量。在那沿途看不到人烟和农田的草甸深处，有一个村子在地平线以下，有一个少数民族在那里长期生活，有一个春天在那里悄悄盛开。

在路边即可看到村庄矗立着的名字：东巴谷。这个名字，听起来好似是被遗忘的一个峡谷，峡谷中的一根草木。它类似于"桃花岛""芙蓉镇"等地名，带有神秘的气息，有与世隔绝的猜测。这个斜倚青山、低于地表的村子留给我的，是多么大的想象空间啊。

前来迎接我们的是傈僳族民间艺术传承人阿石才老师。长卷发，铜黑脸色，传统的民族服饰，用布裹着腿，一双布鞋格外惹人注目。他还没有来的时候，就有一阵悠扬的乐声传来，后来才知道是他在一路弹奏土琵琶。跟着他沿路逶迤而行，拂在耳畔的就是琵琶声了，声声入耳。迎面的山，山顶的云，云

▲ 傈僳族迎宾舞　　高力 摄

上的境界，那种感觉是从未有过的。

　　沿着道路步行不久，就可见东巴谷骑马场了。马场上有十来匹马儿，在草场上低头吃草。虽然那里的四月，草场里还是冬天景象，但并不阻碍它的美。那种自由不拘的生活是每一个人都向往的，是令每一颗灵魂都可以净化的。

　　阿石才老师的琵琶确实弹得好，没有丝毫的多余，仿佛每一声都能拂走一片灰尘。拐过骑马场，就进入了一条峡谷中的小道。道边有了房屋，全是木架结构，有瓦盖就的，也有以茅草装饰屋顶的。每一个院子的院门别具特色，门楣上有一圈松针，远远地看去，就是一道天然的草门，还可见红红的灯笼。

　　渐渐进入一条小街，街边全部是傈僳族木楞房，那是一些饰品店。店外的屋檐下都挂有一面白旗，上面写有一些很古典的店名。在那条小街上，我真的感觉光阴在那里停滞，停滞的时期不是明朝就是清代。店里不见人影，唯有锦旗在风中摇晃。山风吹过，一条清亮沟渠中的一架小水车和店铺里的风铃就会一起发出清脆的叮当之声，直逼人心的某一个宁静的地方。在那里，你实在没有勇气把生活中的琐事挂在心头，静静地在那里望望天空，摆弄店铺里的饰品，感觉那里的日子真好！

地平线以下的春天 | 111

▼ 小蜜蜂 高力 摄

阿石才老师的院子就在街边。沿石级而上，是一道木门，门上是一副被风吹过被日晒过的淡红色的对联。字是棱角分明的东巴文字，含义是表示喜庆祝贺的意思。当我们还在街上时，阿石才老师家里的人就在房子的走廊上跳起了迎宾曲。三位傈僳族姑娘一边拍手，一边抬脚，一边唱起歌谣。待我们走入院子，她们也从走廊下来，一起跳起欢快的舞蹈，阿石才老师也边跳边唱。我不知道是什么原因，使得他们待客人是那么的热情。

那是我所没有见过的房子，房子正身全部是原木累积而成，从木头的缝隙里可以看见屋子里的摆设。木头的钉子上挂着竹编的小篓，走廊尽头的桌子上摆放的是一些乐器。屋檐上挂着经历风吹日晒的红辣椒、玉米棒子和丛树的果实，许是岁月流逝的原因，它们已经褪色。木头以及楼板上都有了烟尘的痕迹，黄中带着几分黑。最有趣的是那扇房屋唯一的门，只有1平方米大小，刚好够一个人弓腰进入。

傈僳族姑娘搬出了四个很矮的板凳，上面已经被磨得很光。坐在上面，和阿石才老师聊天。不一会儿，有白瓷杯泡的绿茶和一陶碗盛的瓜子端上来，一边品茶，一边嗑着瓜子，好不惬意。阿石才老师作为傈僳族民间艺术的传承人，歌、乐、舞，行行精通，样样在手，可是他却有一段异常艰苦的往事。往事已矣，有的只是对现在生活的热爱，抱着一份平和的心态面对一切。看着这个很有艺术气质的傈僳族汉子，不禁肃然起敬。他待人谦和，微笑时常挂在脸上。

阿石才老师一会儿和我们聊天，一会儿从走廊的一头拿两根木柴到里屋去给火塘添火，还吩咐家人到院子栅栏外边的蜂箱里取新鲜蜂蜜。于是在那一天，我们在阿石才老师家里吃到了刚刚从蜂箱里取出的蜂蜜，很甜，很自然。

那天去的目的是要采访阿石才老师的学生的。他的学生叫小蜜蜂，一个很天真很有天分的一个小男孩。那个小家伙今年才四岁半，却是出息得很，土琵琶、葫芦丝等已经很熟稔。我们刚去的时候，他就加入了唱迎宾曲的行列，然后在走廊上给我们表演了傈僳族舞蹈，边唱边跳，煞是可爱。小家伙两岁开始学唱歌跳舞，现在丽江乃至昆明都已小有名气，不时参加一些演出活动。据阿石才老师介绍，小蜜蜂今年"六一儿童节"已被邀请到昆明参加演出，阿石才老师现在正给他策划节目呢。

阿石才老师的院子也是东巴谷的一个景点吧。不时有游客来往，不时有歌声响起。在他院子院门处就有一块牌子介绍："盐不能不吃，歌不能不唱"。在他们傈僳族，几乎人人能歌善舞，无论是什么事情，都要唱歌。

作者与小蜜蜂在木楞房里合影 高力 摄

在院子中间，立着一架刀梯，底下是观音菩萨像和香炉。有游客来，就会有一个傈僳族男子赤脚爬刀梯，傈僳族姑娘拿着铜锣围着刀梯一面敲，一面唱歌。游客们也跟着姑娘们围着刀梯转，据说能保三十年平安。末了，还可以得到一把平安米，装入口袋。阿石才老师屋子对面的屋子也是民间特技表演，一个戴着佛珠的和尚，赤脚踩以嘴咬炭火烧红的烙铁。却丝毫未损。两者联结起来，被称为傈僳族的"上刀山，下火海"。

院子后面是一面山坡，山上长满枞树。树底下似乎还没有春天的影子，但照射在树上的阳光，洋溢在傈僳族人们脸上的笑容，春天已然如期到来。

这个低于地平线的小村落，居住着十多户傈僳人家。大家平和相处，相安无事。虽然每天都要接待那么多的游客，被外人多打扰，但他们依然生活得有滋有味，幸福而满足。

沿着那道栅栏后的一条小道爬上去，就是那个连接四海的坝子。坝子里的草密集枯黄，可以想象夏天这里的草是多么的繁茂，那些悠然行走的马匹又是多么的欣喜。阿石才老师和小蜜蜂一道把我们送到坝子，小蜜蜂到底淘气，接连不断地在草场上翻着跟头，那种天真无邪的童真，最能触动我们的心灵。那个小家伙，好比东巴谷的草木，总会在山风的吹拂下，一夜之间长大。

那时正值下午，太阳的颜色有点带红了，天空无云的地方还是那么蓝。我在草场上忘我的行走，真有一种乐不思蜀之感。能够在这里生活，那是多么大的幸福啊；可惜只能来这里匆匆地走过一遭，太免伤情，难免有些情绪。

汽车带着我们远走，挥手离别，但挥之不去的是东巴谷留给我的自然淳朴的印象，是傈僳族人那张热情的微笑着的脸，是那生长在人们心底的春天。在这个春天，我感到异常幸运，在那高原草甸深处，走进了一个神秘的时光已然静止的所在，走进了一个处于地平线以下的春天。

▲ 玉龙雪山风光　罗鹿鸣 摄

高原上的琵琶声

　　四年前的春天，我曾独自前往云贵高原，前往那一片需要用目光仰望的大地。那是一次寻梦之旅，既是关系风景的，也是关系人生的。不经意间却在一片高山草甸里，遭遇了那一串清澈的琵琶声。

　　那个下午，我和同事坐车前往东巴谷，去采访小明星——小蜜蜂。同行的还有以色列籍的摄影记者高力。按照事先的约定，小蜜蜂的老师阿石才，将到东巴谷的大门口接我们。

　　我们在大门处等了好一会儿，也不曾有人出来。只隐约听得一串串悠远的琵琶声，从草甸深处传来。那是引人产生无边遐想的天籁，像从矗立在远方在阳光下熠熠闪光的玉龙雪山上融化下来的，淙淙流动在草间的冰雪水。也像一泓流淌在胸间的清泉。

　　悠扬的琵琶声，在高原枯黄的草甸上飘荡，在宝石蓝的天空里回荡。

　　曲子，就那样从一个人的心里，像月光一样流淌出来，又像流水一样，沁入大地上的草茎，沁入山峦上的岩石，沁入我们的心脾。我一直在心里想象，那该是一个什么样的人？那琵琶声怎会如此干净？我静静地聆听着，玉龙雪山在地平线上静静地聆听着。

回声渐小，琵琶声离地心越来越近。

隔老远，就望见一个身着傈僳族服饰的人，从草甸子后面的路上走了过来。他走到哪里，琵琶声就从哪里传来。干净的琵琶声，在高原上淌成一条河，而那个人就是源头。他的身体里装着一条河。那个人，正是前来接我们的阿石才。接上头后，他又以琵琶声开路，我们尾随着那条河流，来到草甸深处的傈僳族寨子，来到他们的木楞房。

▼民间艺术怪人阿石才老师　　高力 摄

唱歌和跳舞，是傈僳族人的天赋，也是他们生活中最重要的事情。这两项天性，伴随他们一生，被他们发挥得淋漓尽致，接近天意。素朴的生活，也因了唱不完的歌，跳不完的舞，而变得无比绚烂。

在我们这些外人眼里，他们载歌载舞的生活如同神仙日子。可一旦走进他们的心灵世界，却都是一些早已把眼泪流干了，把悲伤熬成了石头的往事。阿石才有他的不幸，小蜜蜂也有他的不幸——他还是一个不谙世事的孩子啊。我记得阿石才坐在木楞房屋檐下的板凳上，为我们讲述他的人生时不间断的沉默，以及对着那个还未发育好的春天的遥望；记得他作为小蜜蜂的师傅，花费在小蜜蜂身上的心血，以及寄予小蜜蜂的期望；记得小蜜蜂的身世和被预想的前途——他将成为民间艺术的传承人，或者一代明星。他们的身上，都淌着傈僳族先祖的血液，都保持着一个高原民族的艺术气质和素朴的人生信仰——他们的信仰自出生的那一刻起其实就已形

▲ 玉龙雪山风光　罗鹿鸣 摄

　　成，那即是对玉龙雪山的信仰。而他们的命运，都是在那美得惊人的高原上徐徐地向前铺展——高原上有荆棘，也有美得惊人的鲜花。

　　每个人都各有难言的苦衷与不幸，这是上帝早已安排的，可我还是羡慕阿石才自由自在的生活。他可以抱着土琵琶，在高原上把心底的往事率性地弹奏出来，任一朵朵金黄的蒲公英在身后绽开，任一团团雪白的云朵向天边涌去——那是我向往的生活，哪怕沧桑面容里堆积了千重山万年雪，哪怕有无言的沉默，和大于沉默的泪水把山川抚遍，哪怕在这世间已死过一次，因爱，或因恨——而那是我活着的最大的理由。

　　我从来不曾怀疑有朝一日会将那次高原之行忘却。而当我现在认真回想起那些已经刺入心坎上的细节时，似乎仅仅是把大地之书刚刚翻开了一页。可让我有些始料不及的是，那个春日里的东巴谷，在四年之后，竟像一片天边的云彩，清晰，却遥远，仿佛那是一个我从未到达过的地方。从未达到——只是浮在我胸中的万千尘埃，和对人生过于消沉的意见，早在四年前，就被那阵干净的琵琶声给——滤掉了。

　　而那从此在我心底落了根的琵琶声，真的仅在四年前方才出现么？

高原上的琵琶声 ｜ 117

向迅 摄

石头记

一

　　我是专程跑来看瑶族石刻壁画的。满心以为这个生活在深山里的民族，一定不会让我失望。

　　实际上，我对这个民族一无所知，虽然，曾在南岳的山道上撞见过一群群头戴镶有精美刺绣青色头帕、手握一束束高香前往祝融峰拜祭的据说是来自邵阳的瑶族人，我对她们徒步上山的精神信仰表达过极大的尊敬；也曾在金秋十月前往湖南新化县，在那个被唤作水车镇的镇子里翻山越岭地追踪苗瑶人的身影，我被他们开垦出的史诗般的紫鹊界梯田痴痴迷住；甚至，还认识一个自称是瑶族的广西朋友，我们曾在呼和浩特的蓝天下有过短暂的交谈，我被他的幽默乐观和文学才华深深打动，但是，我没有走进过他们的生活。

他们的生活，对我而言，是一张白纸。

我猜想，那些我未曾见过的石刻壁画会开口说话，还会给我讲一个从未听说过的故事。

这些石刻壁画，镶嵌在炎陵县龙渣乡盘家大屋天井中的石栏上。

颇为奇怪的是，还没来炎陵前，这个民族乡就引起了我的注意。这种微妙的反应，我想更多的是出自于一种本能，一种说不出的爱。流淌在我身上的，是土家族血液。在这片土地上，我和瑶族同胞，有着同一个民族身份：少数民族。

到炎陵龙溪乡没多久，乡里的书记和乡长，就带着我走了一趟龙渣。不过，这一趟除了收到龙渣瀑布——白米下锅和亚洲第二高桥——红星大桥这两份见面礼外，几乎一无所获。

但是，我总隐隐感觉到，这只是一个开始。

果不其然，在接下来的日子里，总是有关于龙渣的消息，有意无意地跳跃在我阅读的视野里，强烈地干扰我的思绪。也就是在这种漫无目地阅读中，传说中的"龙渣五绝"——走到了我的面前。

让我感到惊讶的是，上次走马观花远远看过和走过的瀑布与大桥都属于

▲ 向 迅 摄

"五绝"之一。当时并没有觉得它们有多么出彩，也就是寻常风景罢了，可在回忆间，它们竟立刻变得光彩动人起来。虽然我看过那么多的瀑布，走过那么多的桥，此两者的声色确实还是颇为壮观的。

却有说不出道不尽的意味——当瑶族石刻壁画和"女儿国"这"两绝"出现的时候，我确实小小地激动了一把。毫无疑问，它们惊亮了我的眼球。我甚至立时跑到了窗前，在脑海里勾画起它们各自的面目来。

毫不掩饰地讲，这"两绝"更对上了我的兴趣。而余下的一绝——瑶族歌舞，与石刻壁画可谓有异曲同工之妙，都是一个民族存在的见证，都是活化石。

大致记得一句话：好奇心是致命的毒药。其警示意义不言自明，可石刻壁画和"女儿国"还是在我的心里种下了一颗强烈的好奇心。谁知此种毒瘾一发作，便再也断不了念想。

那些石刻壁画，老在我面前浮现，让人意乱神迷。

石刻壁画，盘家大屋？盘家大屋，石刻壁画？

我认定了它们，与一个家族息息相关。

我将心里的想法讲给了乡里的叶书记。作为早先的文学同道，他给予了最实际的支持。他让我放下手头的工作，并与乡长和人大主席一道，风尘仆仆地将我送到了距龙溪几十公里之遥的龙渣乡。

龙渣乡安排了一位姓盘的干部带我去盘家大屋。

二

你和盘家大屋有什么关系？

盘主任抿嘴一笑，并没有回答我。他正驾驶摩托车载我下山，而山路陡得很，来不得丝毫马虎。

我自以为问得多余。心想，他虽然姓盘，但可能只是乡政府的一名干部罢了，与盘家大屋没有什么干系的。

正是九月底的天气，秋高气爽，远近山岚一派秋色。那苍翠的山色，尚不至于用层林尽染来形容，但多少染了一点黄色，更接近于苍郁这个词语的味道。在秋阳的照耀下，山脚的田野里也是一片金光。而那金光，来自田间的野草和稻谷的桩。稻子，已经被铺到了晒谷坪上。黄灿灿的，比黄金还要惹眼。

▲ 向迅 摄

  刚踏上 106 国道,一个硕大的山间坝子就从天而降,视野刹那间开阔起来。
  坝子把绵延起伏的山峦推得很远,在山区来说还算得上是密集的房舍随意点缀其间。山脚下多蹲着红顶白墙的新式房子,只有坝子中间尚可以见到一些不打眼的瓦房,间或还有一两间土坯房很温顺地趴在那里,仅仅看得到大半角屋檐。
  盘主任把车开得飞快,我们的衣服后摆都鼓起了风。
  在国道坡坎下的那一片片房屋中间,我试图辨认出那个辉煌的盘家大屋来。
  据相关报道资料称,那盘家大屋是清代建筑,且规模宏大,有"九厅十八井,房屋逾百间"之说。
  我曾去过曾国藩故居富厚堂,被那个乡间侯府的气势所震撼。我想以此为参照,想象一下盘家大屋的规模,却因忘记了那曾氏故居到底有多少间房而作罢。只是一个劲地想,一栋有逾百间房屋的古建筑,大概也是气度不凡的吧。
  可是,那气度不凡的家伙,始终不曾出现。
  这条路,我还依稀记得,是去白米下锅的,眼看就要到桥上了,盘主任却忽的左拐,进入了一条伸向坝子腹地的水泥道。龙渣村村委会和几间房子就矗立在路边。
  苍黄的田野毫不吝惜地向我扑来。一面小鼓在我心底敲起来,盘家大屋难道就潜伏在这片田野里?

▲ 向迅 摄

　　确乎有数角错落有致的房檐和土墙坯,从田野里露出一个隐隐的轮廓,颇有一些隐士情怀的。那是刚才在国道上瞥见的半抹背影。但那些房子,纵然是那体面一点的黑瓦白墙的房子,确实也没有什么过人之处。与那盘家大屋沾不了边吧。

　　出我意料的是,盘主任居然就把车开向了它们。

　　那么窄小的巷子,那么局促的地方,怎么容得下逾百间房子?

　　当一面颓败不已的土墙和一扇客家人的小门就要冲撞到我们跟前时,盘主任减速刹住了车,很干脆利落地熄了火。

　　到了?

　　到了。

　　就这里?

　　就这里。

　　在我的一脸疑问里,盘主任见怪不怪地将车推到位于这间破败房子前面的一栋三层楼房的场院里,似乎还与女主人打了个招呼,旋即出来带我进屋参观。

　　那面土墙,确实已斑驳得不忍卒读,似乎经历了太多的风霜雨雪。早先,那墙壁该是用石灰细细粉刷过的,只是那灰料已差不多剥落殆尽,粗粝的黄泥暴露于光天化日之下。这样子,就像一张被汗水冲垮了厚厚粉底的老妪的脸。

　　门框也已经变形走样,颜色尽失,像一把老骨头,再也承受不起过多的岁月。

那道吱吱呀呀乱叫的小门呢,像一张落尽了牙齿说话漏风的嘴巴。

它还能关住风雨和寒冷吗?

但一想到那些精美的石刻壁画就在屋子里面,我到底尾随着盘主任跨进了那道破败小门的门槛,可我还是不敢相信这就是我念想多时的盘家大屋,不敢相信——我已经踏进了它神圣的地盘。

我甚至怀疑,这只是一个山寨版的盘家大屋。

三

可我的怀疑,立马被纠正了。

在外面看起来毫不起眼的老房子,却是大有文章,颇有曲径通幽之感。这与我走过的那些奇特的溶洞颇为相似,洞口小,里面的名堂却多。房屋是一间连着一间,盘主任在前面用手一推,吱呀声里,一扇扇木门次第向我打开了,一个个陌生而熟悉的世界向我打开了。

我像是穿越到了另外一个时空,被那些古老的物事深深吸引住了。斑驳泛黄的墙壁上,这里挂着一顶边檐破损的斗笠,那里搭着两块抹布;颜色暗淡的窗栏里,不是勾着一把锈迹斑斑的镰刀,就是挂着一方陈年的竹篱笆;爬满了青苔的角落里,随意摆放着箩筐一类的旧家什。

一切都是陈旧的,随手一抹,手心里都是一把时间的灰烬。可我还是闻到了久违的烟火味。

在一间光线通透的屋子里,一方小小的神龛豁然出现在正中的墙壁上。黑色边框的神龛里镶着一面红纸,纸上当是写有毛笔字的,或许是太过久远了,字迹已销声匿迹。神龛下摆,从左到右,依次放着一面红色外框的钟表、一只装满了香灰的香钵,一个瓷碗。神龛两侧贴有一幅字体镶了金边的旧春联:满堂吉祥满堂春;万事如意万事通。横批已辨认不清。

神龛前摆着一张四角方桌,桌上放着一把收割稻子的镰刀,一把装豆子的竹筛,还有一个铝盆。桌下打着一套由箩筐、簸箕、桶、鞋子构成的组合拳。

那扇开在外墙上豁着嘴的门,被金灿灿的阳光塞满。

神与人,就生活在同一间屋子里。

我却来不及细细打量这些生活场景,仅仅是惊鸿一瞥罢了。熟门熟路的盘主任总是在前面等着我,容不得我停下脚步,容不得我作片刻的思考。我忍不住猜测,他大概是引领像我一样慕名前来参观的外来者太多了,于是对屋子中的物事熟视无睹,总是直奔主题。

我们很快来到了盘家大屋的后花园,也就是我在资料上查到的那个后厅。传说中的47幅石刻壁画就在那里。

我早已做好了心理准备,但是当盘主任推开那道木门时,当阳光从瓦蓝的天空哗哗地倾泻而下时,我还是吃了一惊。在我的意识里,那个在石栏中嵌着47方石刻壁画的天井,再怎么落魄,也该是上了一点规模的吧。

可是,眼前的这个花园,局促得让人心头一紧,破败得让人直叹可惜。

那道长长的立着几根圆木柱的檐廊上,任意横着几截木头,敷着一层谷糠,几只正在低头啄食的母鸡,被我们的脚步声惊跑了。

檐廊尽头,一片狼藉。横七竖八交错在一起的梁柱、瓦椽和木板,把西部的山脉分割成了若干个不规则的几何图案。那悬在半空的柱头,似乎只要有一点风吹草动,就会冷不丁地掉落下来,并在地面撞击出沉闷的回声。

那已是一堆无可挽回的废墟了。

在倾斜的朝不保夕的支离破碎的屋檐下,我听到了无数声太息。

廊前的花园,一地破碎瓦砾。随处可见的鸡粪,叫人下脚时都颇为踌躇。苍凉的石壁上爬满了青苔。那是时间留下的雪泥鸿爪。

一棵虬态毕现的橘子树,从花坛里撑开几枝金黄的卵形叶子。

如果不是那迎头而来的一瀑阳光,如果不是那在抬头间尚可以见到的一块补丁般的天空,还不知这里是怎样的阴郁呢!

但是,仅仅是它们,怎么可能收拾起残破家园带给我的一腔愁绪呢?

我不无失望地在门可罗雀的建筑间搜寻起石刻壁画来。

它们是盘家大屋最后的光,最后的亮。

我孤注一掷般地暗想:我倒要看看你这盘家的镇宅之宝,将如何镇住我心头的失落,如何对得住我远道而来的一片热忱。

四

沉默不语的石栏,终于被斑驳的阳光撬开了嘴巴。它们藏了几百年的心事,再一次曝光于一个闯入者的眼中。我轻轻地抚摸着一块块石栏,就像握着一只只宽厚的大手。我感觉到了它们的厚重,感知到了有别于这个时代的体温。

你一定知道,那是石刻壁画出现了。

▲ 向迅 摄

稍感遗憾的是，它们并没有给我带来想象中的那种惊喜——让人情不自禁地发出惊叫，它们异常平静地出现了——像一位位洗尽了铅华的老人，坐在一把落满了灰尘的失去了弹性的藤椅上。在一个老人身上，除了时光，除了安静，你还能看见什么？不过，我到底把所有心思都扑在了它们的身上。

我蹲在瓦砾间，摆出一副猎奇者的姿态，眯着右眼，不停地摁着快门，生怕遗落了一个细节。

这些长方形的石刻壁画，被稳稳地镶嵌在两道石栏上。它们是否与上下左右的石块处在同一水平面上，已经不重要了，它们是否发生过断裂，也不重要了。它们早已融在了一起，骨血相连，灵肉相抱，谁也离不开谁。它们似乎变成了石栏再也清洗不掉的纹身，与生俱来的胎记，不朽的著作。

我敢肯定，谁胆敢将它们拆除，必定后悔终生。在时间的长河中，它们已经熬成了一把宁为玉碎不为瓦全的傲骨。

这才是真正的石头记。

在这个被世人遗忘的后花园里，我正努力地阅读着这部石头记，企图搞清楚每个章节的名字。

第一幅画，很好辨认。两片叶脉毕现的倒垂于水面的荷叶，两个莲子粒粒可数的饱满的莲蓬，两朵怒放的荷花，以对称的方式活灵活现地浮现于布满了苍黄苔藓的壁画上。荷梗长而粗，十分多情地缠绕在一起；两个莲蓬，像在月光下背对着背，羞涩地低着头却不敢表白的一对情侣；那莲子呢，已经成熟了，让人有采摘的冲动；浮于水面的荷花，打开了所有的花瓣，所有的心事……

石头记 | 125

石栏上的苔藓，是从那莲池里蔓延出来的么？那些留白处，是一望无际的荡漾着层层涟漪的水面么？来一点风，这一池荷叶就会摇曳起来；来一点雨，这一池清水就会跳起舞来。

闭起眼睛吧，你一定闻得到一鼻子清香，摸得到一地月光，抓得到一篓子蛙鸣。

这一定就是报道中所称的"莲开并蒂"！

第二幅呢，是两头在坡坎上深情互望的小鹿吗？它们几乎一模一样，那么温顺，眸子里脉脉含情，但细细一看，却有诸多区别。我总感觉左边的那只，要比右边的大一点，或许是它所站的位置略高一点吧。但右边那只的鹿角确乎要更为生动传神，耳朵也张得更开，长相更为清秀。身上的纹路，也不尽相同，一只繁密，一只稀疏。它们的尾巴后面，是两只红色的仙桃吗？从岩石中探下来的那棵古意盎然开着球形花朵的树，大约是我们鄂西山区常见的梦花树吧。只有这种树，先开一满树金灿灿的繁花了，再长出翡翠般的绿叶。

我真担心，那两头可爱的小鹿在我转身的瞬间就会消失在我所看不见的茂密丛林里，立到小河边悠悠长鸣。

这一幅叫什么名字呢？我自言自语地说出了声。

我也不知道。盘主任也躬下身来瞅了瞅。他接着说：我老婆知道，她还能讲出这每一幅画的故事。

这房子是你们家的？我惊讶地问道。

他略显迟疑地点了点头。

可以让你的夫人来讲讲这些画的故事吗？

她在前屋忙呢。他用手指了指大屋的前边，也就是我们下车的地方。

我终于明白，盘主任为何对这里是那般熟门熟道了。一时间，有太多的问号向我一股脑地涌来，有太多的不解困惑着我。

可是此刻，我却无暇顾及。

依次看下来，在这后花园一共看见了十二幅壁画，东西两道石栏各镶有六幅。东边的6幅，很容易地就看见了，但把西边的六幅全部看完拍尽，却费尽了周折。

几根尚且完好的梁柱沉沉地压在石栏上，我们哪里敢轻举妄动？生怕牵一发而动全身——头顶上悬着一副摇摇欲坠的木头架子，即使你连一根指头都不曾动过，它也会被岁月之手在某一个你毫不在意的时辰推下来。还有一张深绿色的网，很密实地笼罩在石栏上面。那大概是主人为了防止喂养的鸡

◀ 向迅 摄

逃到外面的世界里去，而用一张网限定了它们的活动范围。

　　要把梁柱抬开，把网子揭起，而一窥壁画全貌，是一件需要冒着生命危险的事情。可我们还是小心翼翼地干了起来，盘主任想方设法地把挡住壁画的梁柱往旁边挪了挪，我呢，一只手撩起网子，一只手举着相机赶紧拍照。

　　尽管已经做了一点功课，但在十二幅壁画中，我能够叫得上名字的只有五幅：莲开并蒂、麒麟祥瑞、围山狩猎、喜鹊登梅和大战火焰山。更确切的说法应该是，除了大战火焰山明明白白地刻在那一幅壁画的右上方外，我仅仅是把这几个名字从壁画里辨认了出来。它们都是我在相关报道里看见的，有一些印象。还有一个"鲤鱼跳龙门"，我始终没有帮它对上号，误以为它并不在这些壁画里。

　　让人遗憾的是，这些壁画对盘主任而言，只是一个个熟悉的陌生人。他

石头记 | 127

对它们的了解，不会比我这个闯入者多多少。

这十二幅壁画，线条无一不流畅，雕工无一不精湛，立体感无一不强烈，所雕之人、动物、植物、云朵、神兽，无一不栩栩如生。看着看着，那些人物就在说话，就在围猎，那些动物就在鸣叫，就在奔跑，那些花朵，就在盛开，就在呼喊，那些神兽，就在腾云驾雾，就在祝福人间……

我有一个强烈的感觉，这些壁画，都是取自一个时代的生活现场，就像我用相机拍下我们这个时代的生活，只不过受时代条件限制，雕刻者选择了这样一种古老的方式。但是，相机仅仅是对某一个生活场景的简单复制，壁画却不一样，从最初的一块石头到一幅精美绝伦的石刻壁画的诞生，仅是那个过程，就是复杂而漫长的。它的诞生，包含了雕刻者的全部智慧。

这是对生活进行再加工的艺术创造。雕刻者把围山狩猎的生活刻在了石头上，把自己的想象也刻在了石头上，把神话传说刻在了石头上，把喜鹊登梅这样美好的寓意也刻在了石头上。

望着这一幅幅精雕细琢的石刻壁画，我的心中涌动着一股莫名的情绪，忽然就想起了远在宁夏的贺兰山岩画。

古老的贺兰山岩画，也给我留下了深刻的印象。那些岩画，用简单的线条勾勒出朴素的寓意。哪怕简单到一个太阳，一个月亮，一座山，它们也是在告诉我们一种生活方式，一种生活态度，一种生活哲学。那种意犹未尽的朴素，给我们提供了巨大的想象空间，也提供了无数种言说的可能。

在几乎是寸草不生的贺兰山中行走，读着那些画，我总是会无端想起象形文字。意象丰富的文字与那些蕴灵秀于拙朴的岩画，确实有着极其神秘的关联。说不定，那作画者，本身就是在书写一种古老的文字。

在贺兰山口的岩画博物馆里，我还见到了世界上各个民族的岩画，非洲的，美洲的，大洋洲的，亚洲的，欧洲的。它们似乎具有一个共同的特点，那就是我们相遇时，它们并没有让我的眼睛立即泛出一道绿光来。然而，它们却像母语一样浸润着我的记忆，让我渐渐读出一种美来。

这种美，越读越深刻。

五

有报道称，"龙渣瑶族乡政府资料员盘闻说，这些石刻为清乾隆年间瑶官盘成彩为装饰盘家大屋而刻制。分两种规格，计47方。大的1.46×0.53米，

35方，装饰在天井四周及底部，青石质，浅浮雕出龙、牛头、铜钱等。小的0.82×0.43米，12方，浮雕有鱼跃龙门、莲开并蒂、麒麟降瑞等吉祥图案。刻艺精湛，造型生动，栩栩如生。"

还有35幅壁画在哪里呢？

我四下里寻找，却不见踪影。便求教于盘主任。

他告诉我，那些壁画，在中厅的天井里。

中厅呢？

他把手指向了西边的废墟。

我踮起脚来，甚至是爬到了花坛上，望见的不是气势恢弘的中厅，而是一条安静的乡村小道，一片野草纷披的荒地，还有几间同样破败的盖着青瓦的土房子。

满目的残垣断壁，让我倍感怅惘。

大地似乎一下子陷入无边无际的沉默。

我们的家园啊。

谁在叹息？

当我抬起心事重重的头来，竟然在尚未倒塌的房梁下看见了一个镂空的精美木雕。那该是一朵花吧。花瓣卷曲着，颇有些富贵气。究竟是什么花，

向迅 摄

却又说不清楚，抽象得很。看样子，也该是费了一些心思和精力的。再往上瞅，每一根房梁上都镌刻着几匹花纹呢。几扇木格窗，像这盘家大屋的眼睛，很落寞地望着我。

在这几样事物上，依稀可见朱红油漆的颜色，由此可以想见当年的风景。

雕梁画栋的大屋，怎么会落到这步田地？

我这才细细地打量起这个后花园来。

四根底部垫有石墩的柱子，撑起了那道一米多宽的檐廊。这柱子，圆而粗，还算结实。一定是经历了太多的风吹日晒，它们已经褪尽了颜色。它们对于岁月的侵蚀，早无招架之功，更别提还手之力了。

两面墙壁积满了灰尘，石灰剥落殆尽，露出了"泥腿子"的根底。门上的对联，已经泛白，脆弱得不堪一击。楼上走廊的板壁，就像久事稼穑的老农，脸膛黧黑，皱纹如同沟壑显著。墙角横着一扇讲究的板梯直通楼上，我欲上楼，还没踏出一步呢，就被阻止了下来。

更多的木格窗不知去向，更多的景色也下落不明。

望着这些前朝的旧物，恐怕都会想起时间这个虚无缥缈却又无处不在的词。

在时间面前，这世间的一切，都是浮云。

不喜言谈的盘主任开始给我介绍这盘家大屋的掌故：

这是中轴线。这是戏台。

这盘家大屋所有的房子都是相通的。小时候在里面捉迷藏，躲起来了，小伙伴根本就找不到。

那时的大屋里住着九户人家吧，将近七十口人。男丁少，女丁多。

我出生的时候，前厅就已损坏了。中厅、西花园和其他的房子，都是上个世纪九十年代倒掉的。

这个后花园，从前年开始，才陆陆续续倒。

……

我到底打断了他：现在还有人住吗？

都搬出去了，只有我父母还住在里面。

蓦地起了一阵风，不知为什么，我竟在那轮高高在上的秋阳下感觉到了一点凉意。在盘主任的催促下，我们退出了这闲置已久的后花园，退出了这荒废已久的后花园。

这里并不属于我们。

◀ 向迅 摄

　　盘主任依然没有多少耐心，总是在前面回过头来等着我。他似乎有更重要的事情要做，要急于离开这里。可是，在这所剩无几的房子里穿行，我总感觉有许多双眼睛盯着我，有许多声音在喊我停下来。

　　那些蒙尘的物事啊，坐在安静的角落，等待故人从远方归来。它们最早的主人，真是那位叫盘成彩的瑶官么？

　　一个天井留住了我的脚步。一只钩子从天井上空伸下来，勾着一把簸箕，簸箕里放着一把深绿色的辣椒。但它们不是这里唯一的绿色。天井四周的地面全部是用鹅卵石铺成。鹅卵石的缝隙里，爬满了苍绿苔藓。让人联想到"苔痕上阶绿，草色入帘青"这句古诗。

　　天井里铺着数十块青石板。石板破的破，碎的碎，裂的裂。一摊积水，在天光的照耀下，白得像镶在地面的一块镜子。

　　我在这一方屋檐下，没经盘主任同意，擅自给他拍了一张照片。他正站在井沿，右手半装在裤兜里，左手夹着一根纸烟正在吸。他穿着一双沾满了灰尘的旧布鞋，一身皱皱巴巴的衣服。他的眼里，拧着一丝惆怅。从他身上流露出来的气质，与这大屋有几分相仿。

　　这里光线亮堂，像有一盏聚光灯悬在头上。

　　一眼望去，一角簸箕形的天空立在屋檐。一句话猛不丁地闪了出来：天空也是一口井。

　　井里装满了灵魂的颜色。

六

  我要去看看那些废墟。那些坍塌的记忆。那些再也扶不起来的岁月。由于破败的后花园缓冲了视野，眼前所见倒没有显得特别突兀。仿佛一切本该如此。可心情分明又是沉重的。

  盘家大屋的中轴线上，除了那座岌岌可危的戏台还孤独地矗立在南边外，所望之处，尽是残垣断壁，所到之处，尽是叹息。几面断墙被掩埋在齐腰深的萋萋荒草中，像被谁随意丢掉再也不想拾起来的一桩桩往事。隐约可见房屋的轮廓，只是浓郁的青草味儿和泥土味儿盖住了烟火气息。如果不是那东边尚存的几间房子，这里已算得上是一块野地。

  我沉默着不发一言，任凭盘主任对那些废墟指指点点。

  那条宽不过五尺的道路，恰好一脚踏在盘家大屋的中轴线上。经过了无数次的践踏，那脚底下的盘家大屋还有机会从地下拱身而出吗？怕是万劫不复，永世不得翻身了吧。

  道路西边，是连废墟也见不到了。一道柴门关着一畦菜园。里面茂密的植物是叶子深绿的红薯吗？我一下子想不起来了。盘主任指着菜园中的一棵树说，那里是西花园。花园里也有一个天井，和我们刚刚见过的那个是对称的。

  中厅呢？我忽然想起了那些不曾见到的石刻壁画。

  盘主任用脚踩了踩我们站着的位置。

  那不是看不见了么？

  看不见了。房子倒了，连天井一起压在下面了。

  我下意识地往外接连走了好几步，惆怅之感袭遍全身。如果不是有备而来，我一定觉得这身处乡野的盘家大屋充满了诗情画意，一定觉得那些断墙和柴门，那些摇摇欲坠的土房子，都是百看不厌的风景。可谁叫我是慕名前来？在气场最为强大的正午，我看见的却是夕阳晚景。

  赫赫有名的大屋，仅仅剩下了几间久不修葺的房子；声名远扬的石刻壁画，被一层厚厚的泥土埋在了地下。

  这么好的房子，为什么看着它们倒掉呢？

  没人管理了，就倒掉了。以前不懂，要不，再怎么都要保存下来的。

……

我留意到了残留在废墟里的阴影。我认定这世间所有美好的事物，都是被这些鬼鬼祟祟的闪烁其词的家伙给摧毁的。一栋完好无损的房屋，已经容纳了那么多的灯火，那么多的欢声笑语，那么多温暖的故事，哪里还容得下半点阴影呢？

可废墟并不是永恒的，只需要一点风，一点雨，一点时间，那仅存的一点痕迹迟早也会被一双大手抹去。待到那时，这片生机勃勃的野地，就像什么事也不曾发生过一样。

还好，还有一些事物可以证明这仅仅是一种假象。

我一直想着那不曾见过的35幅壁画。想着它们的前世今生。它们如今在地下可还安好？很显然，它们遭此一劫，也是命中注定。

这些原本普普通通的石头，只因为有了那些灵巧的手和丰富的想象，而有了生命，有了灵魂；因为有了一些报之以欣赏和喜爱的眼光，而有了价值；因为有了时间，而有了历史。它们见证过什么样的历史？

站在盘家大屋的地基上，我不得不想象它往昔宏伟壮观的景象。不知受到什么触动，我忽然将那个戏台，梁上的雕花与那些石刻壁画联系在一起。

这究竟是一户什么样的人家？将家中的核心位置让位于戏台，在天井底部和石栏上镶上石刻壁画，在花坛里种满兰花，梁上雕花栋上画凤。这生活过得多有资有色，有情有调啊！

这多少都流露出了不容置疑的贵族气息。只有懂得生活的人，才会对生活精雕细琢。这样想着，竟觉得时光慢了下来。

▼向迅 摄

石头记 | 133

▼ 向迅 摄

我们的祖宗，把相当多的时间都用在了打理生活的细节上。如果不是他们有十足的耐心，有那样一份冲淡平和的生活态度，我们断然不会看见那些雕花的门，雕花的窗，雕花的栋梁，雕花的石刻，雕花的文章。

然而我们并没有把这门手艺很好地继承下来。古老的生活早已遗失了，贵族的生活早已遗失了。那种对于美的追求，精雕细琢的时光，也已一去不复返。取而代之的是实用主义，以至于我们的生活越来越世俗，越来越粗鄙。

所以有人写文章称：中国只有富而没有贵。

依我看，贵不贵，其实是一个生活态度问题。

遗憾的是，我们眼睁睁地看着雕花的窗子从墙壁上掉落下来摔得支离破碎，眼睁睁地看着一栋栋房屋坍塌再也无法修复，眼睁睁地看着石刻壁画被深埋地下从此永不见天日，仍然无动于衷。

盘主任指着横在道路中的一截地基告诉我："这是大屋的正门。我也没有见过。据说门楣上挂着一块匾。"昔日荣耀的门庭，竟破败至此。那一道清晰可鉴的门槛，任风雨践踏。我徘徊于这一片废墟间，不忍仓促离去。

七

三脚两步来到盘主任的家里，并不见他的老婆。盘主任站在堂屋里喊了几声，那婆娘才从里屋应声走了出来。我们挑了一张简易桌面对面坐下，那婆娘沏了两杯粗叶茶，还从一只筐里拿出几个橘子放到桌上。蛮甜的呢，她说。

屋子里陈设简单，全是农家常见的家什，日子大抵过得也并不宽裕。好在门前即是田园，远山如黛。

谈话间，我才晓得盘主任的大名叫盘春志。春字辈。龙渣乡政府的农技员。我问起盘家的辈分排行，他暗自念叨了半天，在他婆娘的补充下，才勉强凑齐了三句：正高祁隆成，荣华富贵春，诗礼达明清……且说，那字，不一定就是正确的，都是口头传下来的。后面的呢？搞不清楚了。

记起先前盘主任说他婆娘讲得出那些石刻壁画的典故，便让她讲一讲。那完全是一副农妇打扮的妇人推辞了一番答道：我也并不完全晓得，不过，我将那些画的名字都抄了下来。

那妇人跑进里屋，拿出一个笔记本。在她翻开的那一页纸上，果真整整齐齐地抄录着几行字：

鲤鱼跳龙门、大战火焰山、天马行空、喜鹊登梅；莲开并蒂、马上封侯、双蟠献宝、金银花开；福禄双全、万象更新、麒麟祥瑞、围山狩猎。

这不就是那后花园里十二幅壁画的名字么？在这页纸上，我还看见一行字：盘成彩（1735年—1796年）。这盘成彩，不就是报道里所说的那个为装饰盘家大屋而刻制石刻壁画的瑶官么？

我有些好奇，问那妇人：你这都是从哪里抄来的？

从株洲的史志上。不过，他们搞错了。这盘家大屋的祖先并不是盘成彩，而是盘成文。盘成彩是隔壁那个大屋的。

隔壁还有个大屋吗？

是的，如今倒得差不多了。

那屋里也有石刻壁画吗？

有的。去年，就有人去偷过一次。那个晚上，人家已经把"鲤鱼跳龙门"抬到老房子前面了，我们两口子听到响动，拉亮了灯，起床了，他们没有偷成。村干部把它抬到盘春阳的院子里，结果今年四五月份的样子，还是被人给偷走了。

你们这边的大屋有没有被盗的？

一块祝寿的匾，被人偷走了。

你们的祖上，是做什么的？

这个我们就不清楚了。

我对盘家大屋的历史充满了好奇,想好好地了解一番。据说炎陵人有六七成都是客家人,而客家人大多有很强的宗族观念,几乎每个家族都建有祠堂,还修有族谱。从族谱上,我们就可以知道一个家族的来龙去脉。

你们家有族谱吗?

有的。

在哪?

在我父亲那。

你父亲在哪?

他们到山上打板栗去了。

有多远?

那有蛮远呢。

能不能叫他老人家回来一趟,或者是你带我去找他?

摩托车去不了呢,他们在山里。

……

我还想问些什么,甚至想在他们家里蹭一顿午饭,以多了解一些情况,可是盘主任一直在对面催促:时间不早了,我们该去乡政府吃饭了。

出得门来,我小跑着去了盘家大屋隔壁的院子。

一个败落的院子。木门紧闭,墙壁斑驳,荒草连天。墙角草棚下的一台机器,披着一身铁锈。这野草当家的院落,像是一个被废弃多时的驿站。不知何故,在那黄泥道上,几只不知来历的鸟儿让我想起一句古诗:旧时王谢堂前燕,飞入寻常百姓家。

时光在此是那样陈旧不堪,缓慢不已。

八

在那个位于半山腰上的乡政府吃完了午饭,盘主任不知去向,我无处可去,便独自下山,计划到圩上去,问问有没有去"女儿国"的车。不管怎样都要去一趟才不枉此行,尽管乡干部一再说那里没有什么可去的,说"女儿国"已经名存实亡,最小的"女儿"也都五六十岁了,关键是那路危险得很呢。

刚走上国道,一辆崭新的车停了下来,问我去哪?答曰圩上。两个年轻人很客气地让我上了车。车开得快,等我反应过来时,已到"白米下锅"了,我忙呼下车。此地与圩上的方向已是南辕北辙了。

▲ 向迅 摄

　　望着那一条耀眼的白练，闻着山谷间轰隆的水声，我到底禁不起诱惑，沿着东边那条修在河谷上的小道走到了瀑布面前。从天而降的巨大的水声淹没了世间声。我孤身一人站在一块临水的岩石上，那绿茵茵的一潭深水，那一面绝壁似的高不可攀的石崖，竟让我望而生畏。在百十丈高的瀑布的豁口里，站着更高的山脉。瀑布在水面激起的阵阵水烟，向着西边的森林扑去，树上石上草上无不是湿漉漉的。叶片在阳光下闪闪发光，像是刻着谁的名字。

　　这由山水生成的景色，在人类建筑面前，几乎可以用永恒来形容。正是因为这个原由，我们也才会生起一颗敬畏之心。敬天地、畏自然是也。

　　背向瀑布，可见到远远的几点人烟，落在秋光初染的山色之中。那分明是盘家大屋所在的那一个宽阔的山间坝子。这一幅山间野景，倒让人向往不已：暧暧远人村，依依墟里烟……

　　忽然想起上午的一些事情还没有完全了结，我便告别了那本身叫人有几分畏惧的瀑布。去"女儿国"是没有宽裕的时间了，我们乡里的书记五点多就要来接我，不如再去盘家大屋看一看吧。

　　走过了龙渣村村委会那栋红色楼房，盘家大屋所在的那一片新旧相间的院落已经出落在视野里了，它们像暮年的英雄，蹲在秋色的涟漪里，回忆往昔。一个老妇人引起了我的注意。她坐在路边一栋新房的院坝下的一道水田的田埂上，左手端着一个钵子，右手从钵子里抓出稻谷喂那脚跟前的一群小鸭，一副旁若无人的安静神态。我欲上前去与她打个招呼，然而话到了喉头

石头记 | 137

▲ 向迅 摄

却张不了嘴，径直往坝子中央走了，却一路走一路责怪自己不该如此腼腆，或许错过了很重要的线索呢，便又返回鼓起勇气与她打了招呼。

请问您知道盘家大屋的故事吗？

你问这个有什么用处？老妇人颇有一些警觉。

哦，我是记者，来了解一些情况。

你从哪里来？

……

老妇人终于放下心来，我便走过去坐在田埂上与她聊了起来。她叫钟桂云，1953年出生，1973年嫁到盘家大屋来，丈夫不姓盘，姓赵。她丈夫的父亲是盘家的上门女婿，生的孩子跟着姓赵。

"我刚嫁进来时，大屋里还住着十来户人家，前厅已经倒下了。厅屋的后面是个晒谷坪，后来建了村委会的房子。1983年分田到户时，我们在学校附近批到一块地，建了房子搬了出去，但因前几年山体滑坡，又才在这里造了新房。我们现在在那大屋里还有两间房子。"

她告诉我了她丈夫与盘春志是怎样怎样的亲戚关系，我却没有将之梳理清楚，时间一长，更是弄不清楚了。

这个淳朴的老妇人，还给我指点江山：我们中间的这个组叫老屋组，东边的那个叫井泉组，北边的那个叫下湾组。

我们正聊着呢，一个白头老人站在院坝上望着我们。经介绍，他就是钟桂云的丈夫。我请教他的尊姓大名，他是这样回答的：真正的真，才学的才。

他们老两口把我引进新屋，落了座，沏了茶。

在您的印象中，大屋是什么样子的？

有雕花的窗，镂花的门，雕龙画凤的哦，不像现在。那时名气很大，他们说，老屋，老屋，还不就是这里。不过，我虽然六十多岁了，但连老屋的正厅都没有见过。

您看见过几个天井？

只有一个没看见。

天井一起有几个？

十四个吧。赵真才老人掰着指头数了一阵子。

您知道老屋的历史么？

老人摇摇头，晚辈的，没有一个管事的，都搞不清楚了。我听他们老大人说，那正厅可能是在新中国成立前毁于兵事。据说以前有个大地主，要把我们老屋的后院买下来，他把新房都建好了，准备把后院搬过去呢，结果被红军烧掉了。

谁更清楚？

真正来说，我大姨带来的女儿知道得可能多一些。她叫盘赵媛，现在退休了，住在县城。

盘家的祖宗是做什么的，怎么会建起那么大的房子？

老人还是摇头，我搞不清楚呢，他们以前管老屋叫"双万户"，很有财吧，井泉那边的那个老屋叫"千户"。

既然有那么好的房子，为什么还要搬出来呢？

他父亲生的孩子多，房子少，没办法，只好搬出来。钟桂云老人在一旁插话。

您见过那些石刻壁画吗？

讲不清……不准进去看……自己人去看雕刻的石碑，都不让进屋。老人很无奈地答道。

他还告诉我，盘家现在是六世同堂，富字辈的兰桂莲还健在于世，达字辈的也后继有人了。

九

从屋子里走出来，抱拳告别了老人，我径自顺着那条水泥路朝着盘家大屋的方向走过去。有人在田埂上割黄豆，弓着背，从西边一步一步地移过来。偶有挑着担子的农人从马路上经过。

盘家大屋青色的屋顶横亘在一片建筑之中。我临时改变了主意，沿着一条田埂走过去。都是刚刚收割过稻子的水田，有水的地方软糯糯的，活像沼泽地，不敢轻易下脚。

那时的阳光真好，把个天地照得金光遍地，田园山色流淌着唐诗宋词。我深一脚浅一脚地走过了水田，站到了一小块红薯地里。田埂边以及南边金黄的坡地上，几方残垣断壁清晰可见，凭吊着什么。

眼前是一堵高高的用鹅卵石砌起来的院墙，从左至右足有数十米长，可以想见墙内收藏着一个怎样宽敞的院落。然而，任我把脚尖跷得有多高，也只能望见几角破旧的屋檐。几株荒草在视野里招摇。

盘家大屋在哪里呢？隔着荒村野树，我已然望见了半边颓圮的墙壁，望见了开在土墙上的一个圆角小窗，远远地幽幽地望着我。一想起上午望见的那番景象，便倍感惆怅。

那样一座赫赫有名的大屋，就像一树似锦的繁花，终是逃不过命运的安排，一个个的花瓣，在风中一声声凋零，似乎从来没有开放过。

我原路返回，企图沿着村中的黄泥道走到大屋前，再去搜寻一些记忆。却再也找不到那条狭窄而潮湿的路了，哪怕那大屋就躲在几步之遥的地方。

我问路人，盘家大屋在哪？

被问者无不摇头，没有这样一个大屋啊。

你们这里不是老屋组么？

是啊。

……

几个在路边玩耍的小姑娘，吸引了我的视线。那是几个可爱至极的小学生，一脸的天真无邪。看见我这个陌生来客蹲下来给她们拍照，她们像小鸡见了老鹰一般呼啦啦地笑着飞走了，却又感到好奇，远远地躲在一堵墙壁后，只露出一个头来，打量我。我一举起相机，那张笑脸忽地又不见了。忽而，又有胆大者从那巷子中向我走来，身后还跟着一个小家伙，见我要拍照，她们赶紧用手捂着脸笑嘻嘻地跑掉了。

直到我蹲下来与她们打招呼，她们才一个一个聚到我身边来，围着我，低下头来观看我手中的相机。她们很配合地站在那一堵土墙下，让我拍照。最先是单人照，接着是双人照，继而是合照。小家伙们笑得前仰后合，神态非常夸张，还摆出了电视里常见的各种时髦造型。这几个小家伙，特别是当她们从那条巷子里向我走来时，把我感动得一塌糊涂。我曾在博客里为此写

▲ 向 迅 摄

了这样一段话：

　　某年某月某日，我走进了一个遥远的村庄，用一个傻瓜相机拍下了沿途种种所见。那些天真无邪的小孩子，那些倾圮殆尽和即将倒塌的老房子，那些路边的栅栏，那些暖暖的午后的阳光，那些石板路，那些柴门，那些我刻意拜访却没能遇见的人，那些顶天立地的大山，那些铺满了鹅卵石的河流，无不让我流连忘返，挪不开脚步。我的童年和少年，我现在和以后的梦，其实都在这样的大山里，都和这群孩子在一起。

　　分别时，我让她们把名字写在我的笔记本上。她们一个个蹲下来，一笔一画地写下了她们的名字。尽管字写得歪歪扭扭，但都很郑重。

　　四个姓盘。竟然还有一个小姑娘姓向。

　　我看见了人间最美的笑容，最清澈的眼睛。

　　她们身后的巷子里，埋伏着一个接一个的院落。

石头记 | 141

▼向迅 摄

　　一道道柴门关不住秋色，关不住狗吠。
　　当然，我也看见了很多废墟。有人在废墟间种起了蔬菜。随便一问，这废弃的房子有多少年历史了？至少也有一百多年吧。人家继续干手中的活，并不在意你是否将她也拍进了那再也不可能重现的相片里。
　　我再也没有找到盘家大屋，再也没能看见那些石刻壁画。那些石刻壁画确实是一笔有形的财富，更是一笔无形的精神财富。但是，它们究竟是老祖宗雕刻出来的东西，属于过去一个辉煌的时代。如果，我们仅仅是守着这些石刻壁画，而不能将之雕刻在我们精神这块石头上，它其实也是没有意义的。
　　这是惊喜、遗憾与惆怅伴随的一路。
　　最大的遗憾在于，瑶族的语言正逐渐消失，民族风情正逐渐消失。
　　在这遥远的瑶乡，你再也见不到一个环佩叮当的姑娘。

临窗小景

打定了主意，今天就要画下这一幅。等我将那部喜剧片看完，太阳已经不那么炽热了。白花花的阳光如同潮水一般持续涨高，一直涨到了屋顶。屋顶以下的部分，陷入了黄昏时分特有的颜色。只是现在是夏季，即便那都是最后两刻钟的夕阳了，可我隔着窗子，依然可以感受到那种澎湃着的热浪。这种"热情"，是令人窒息的，不可忍受的。

我终于找来了一张空白纸，同时找来一本杂志，将纸搁置于杂志上。我一手托着杂志，一手拿起签字笔。

画画的念头似乎是这两日才生起的，但又似乎是自从我看见了窗外的景色，就想画那样一幅了。很难说清这起笔的意图。就像生活与人的关系一样，大概是同步进行的吧。这也让我想到古大侠的那句经典语录：有人的地方，就有江湖。

而这几天一时兴起，竟然接连画了好几幅，还自以为是。这都源于我的深刻反省——我的文章没有细节。我分析其中的原因大致有两个：一、近视了十几年，却又固执地拒绝配戴眼镜，世界在我眼前是模糊的；二、我原本就是个粗心大意之人，从没有留意生活中的枝枝蔓蔓。由于自己白描功夫底子太薄，便想通过绘画来加以改正和弥补，并借此丰满文章的细节，丰沛文思。

终于起笔了，我毫不犹豫地最先画下了窗子的边框，再依次画下桌子上堆积的杂志和一只被我用作笔筒的杯子，继而是窗户正对面的那一栋房子，接着是侧对面的房子，接着是房屋背后的背景——一栋房屋的顶，一根直插天幕的避雷针，再接着是将部分房屋掩映起来的樟树的枝叶，最后是胡乱地在画面上涂上几笔，作潦草状。

这画画的步骤，似乎是先近后远，最后又将笔道收回来；先是画一个整

▲ 杨进汉 摄

体的轮廓，再去充实局部，同时也涉及线条粗细的掌握，下笔的轻与重，用笔的繁与简，等等。我个人觉得，这很能锻炼一个码字之人布局谋篇的能力。你对画面整体感的把握，对细节的处理，都能体现出你的一颗匠心。都说艺术是相通的，当你将几种不同的艺术门类融合起来的时候，确乎能感知到其中的奥秘。

　　当然，仅仅凭借一只黑颜色的签字笔，是无法将我所看见的那一方景色如数画下来的。几栋房屋不同的色彩、打在墙壁上的阳光、房屋顶上的云朵以及走廊上晾着的衣服、窗户的帘子等。更不要说樟树叶片上的光线，更不消说在风中晃动的枝叶，更不消说在黄昏时分依然清脆的鸟鸣……这些，其实都是画面的一部分，虽然无法将之画出来而成为遗憾，但它们依然在画面中存在着。

　　我是无数次被这窗外的景色给打动的，不消说一年四季一日四时的景色变幻，不消说那份难以言说的安宁，就是那一声声鸟鸣就足够让人沉醉不已。我常常望着那房屋背后的一叠小山出神———一些鸟，在那里呼朋引伴，在那里引吭高歌，在那里练嗓子。我想当然地认为，那些鸟，大约都是叫天子吧。不然小小的一只鸟，如何能叫得出那么清脆、那么嘹亮的声音？那些鸟绝不是孤单的。一只鸟栖在树叶里鸣叫，必然会有另外一只鸟远远地呼应着。你叫一声，我叫一声，你叫两三声，我也叫两三声。真是有趣极了的事。

144 ▎江心洲上的春天

自然不是绝对平静的。总是会想起一些事情。不过今日与同事一道，终于将凌乱不堪的办公室打扫了一番，望着那眉清目秀的办公桌，竟顿生喜悦之情。差不多有半年没有搞大扫除了吧，看得见看不见的角落，都积了厚厚的一层灰，同时还清理出那么多早该丢掉的东西。这才想到，我们在生活中，真的应该时常清理清理身心，没必要将那些陈年旧事老搁在那儿庸人自扰。

　　有的人永远活在"曾经"之中，仿佛"曾经"便是一辈子，但是这很难说他是痴情的，从很大程度上说，他是异常自私自利的。他自己活在"曾经"罢了，还要求别人也要活在"曾经"。他不知道无论曾经怎样，都早已烟消云散了，况且那个"曾经"，真的是不堪回首啊。什么"曾经沧海难为水"，都是鬼话。揪住过去不放，只能是自设牢笼，作茧自缚，于人于己，都是百害而无一利。不要以为生活一成不变，不要以为谁欠你一辈子。无论是人情债、感情债，还是什么债，迟早都会还上的。

　　曾经的人和事，告诉我只爱当下和未来。在这个世界上，除了父母兄妹，除了未来的妻子和孩子，恐怕谁也难以再去爱。要爱，也是怜悯之爱，同情之爱，宽容与理解之爱。要知道，爱，是一件多么郑重而又珍重的事呀！

　　曾经的人和事，赐给我的最大财富，便是遇事不悲不喜。天大的事哗啦一下砸到我的眼前，我依然可以从容不迫地面对。再大的痛苦，再大的惊喜，已无法让我情绪失控。我对生活似乎没有了敏锐的触觉，这是不是很可悲？

　　但事实上，我的爱憎还是那样分明。与人共事多年，依然无话可说，依然无法从心底里容忍别人的市侩嘴脸、"以小人之心度君子之腹"的小人心。我觉得自己还是一个敢爱敢恨之人，在这一点上似乎毫不含糊。掐指算来，踏入江湖也有了五六年光阴，但我的棱角还是那么分明，我与世俗还保持着那么一段不可消亡的距离。我自己都觉得难能可贵。有蓬头垢面世故圆滑之人，觉得我很嫩，很愣头青，但他们不会懂得，作为一个社会人没有被污染是多么的可贵，不与人同流合污是多么难得。人一旦成熟了，世故了，那么这个人早已异化为了另一个人。早先的那个人其实已经死去。你不要再指望这另一个人还对美德和品格有什么贡献。我时常想，你有万贯家财又怎么样，你青云直上如鱼得水又怎么样，你通过种种手段打败了竞争对手获得了毛头小利又怎么样？这些都不是我热衷的东西。你强加给我，我还会觉得是负担。"性本爱丘山"，骨子里的东西是改变不掉的。只是，不敢爱不敢恨的人，是多么可怕，又是多么可悲。

　　就是在这扇窗前，我一直在思考写作的意义。偶尔想，这写作实在是没

▲ 向 迅 摄

有一点意义,对于这个社会没有一点价值,甚至悲观地觉得人生在世都是没有意义的,只是作为一个昙花一现的生命个体存在罢了。即使你做了一番惊天伟业,那又能怎么样?人委实过于脆弱,短短几十年如白驹过隙。但就是这样一种本身异常脆弱的生命之一种,又具有不可估量和防患的危险性,大地上的一切生命都能成其为捕杀的对象。古人说:人之初,性本善。这实在是很荒谬的。小孩子的破坏欲是相当强烈的。生活在农村的小孩,大概都有过残害小动物的经历,其手段千变万化,把想象力发挥到极致,简直惨不忍睹,可他们不会为此感到难过,甚至还要炫耀他们的"丰功伟绩"。他们乐此不疲

▲ 向迅 摄

地干着有违天理的坏事，直到长大了回忆往事时才发现那时的自己简直是个残忍的暴君。

时常听到这样的言论，我们人类早晚被我们自己毁灭。什么科技，什么发明，都是置我们自身于死地的不二手段。发明了枪炮的人，将权谋发扬光大的人，挑起战争的人，屠杀他族的人，都该被钉到罪恶的十字架上。正是这些所谓的高科技，让我们时时生活在不安、焦虑、恐惧、恐怖之中，生活在巨大的危险和阴谋之中。让我们远离自由，远离诗意，远离家园。当我们前所未有地挤压动物们的生存空间，让它们背井离乡，将它们赶尽杀绝时，它们所遭受到的种种命运，就是若干年后我们自己的遭遇。届时，高科技救不了我们，上帝也早已将我们放弃。贪婪的人，何时才能放下屠刀，立地成佛呢？何时才能与世上万物和谐相处？

因为这窗前种种所想以及世间种种乱象，使我时不时冒出出家的念头。空山古寺的生活一直是我神往的。晨钟暮鼓，念经礼佛，担水劈柴，琴棋书画，甚至面壁思过，闭关苦修，都是一种自在的生活。生活在这个杯弓蛇影的时代，唯有深山，唯有河流，可以让我们飘荡无依的灵魂得以安歇，才可以让我们享受到真正的自由，可以让我们停下脚步，认真地思考生活与人生，思考过往与未来。但又总是放不下，总是有那么多的牵绊和顾虑，还有那么多应尽的责任和义务。没有那种"不出家，这俗世只是多了一个平庸学者；出家，这世间便多了一个高僧"的决然和自信的英雄气概。

说到这，再回到前面所谈及的意义上来，除了做有益于人民和国家的事，有益于身心的事，有益于自由的事，有益于爱的事，其他事，还真无意义。什么功名利禄，真的只是天边的浮云。

我端坐窗前，落日的余晖从天边漫下来，暮色渐起。我不得不拉开灯，对这幅画进行最后的收尾工作。画面的右下角有一处工笔与窗外的景色有些出入，我瞄了一眼窗外，眨巴了两下眼睛，觉得画上画错了，便匆忙地将原来画作窗户的地方打下了一排线条，在线条间勾勒起瓦片的形状。但紧接着又疑惑起来，真是这样的么？我再次揉了揉眼睛，仔细地观察了那一处景致。这一看，简直把我给悔死了。原来先前我看花眼了。第一稿是完全正确的，第二稿却将正确的改为了错误的。可黑色的签字笔笔迹已无法涂抹，只能望着这"画蛇添足"的败笔自怨自艾。待会吃晚饭到住处依原样再画一幅吧！

这时，远在广州的小妹来信息说，小哥，我写了两首古诗词，你帮着看看。我在收拾完办公桌关好门窗后，在路上给她回了个电话。我们谈起画画这件事。她说，我们这个家族若不出一个画家，还真亏了那份骨子里的天赋。我深以为然。我有个堂弟，大学时读设计专业，专门习过画画。我见过他的素描，还真是有些功底的。可惜人家大学一毕业，就将画笔拾掇起来，抱着挣大钱的雄心壮志地投身到地产行业去了。他的画画天赋大概来自遗传。他的爸爸就画得一手好画。我在童年时，就见过这位叔父画在一册白纸上的画。花鸟虫鱼，栩栩如生。可惜这些极有可能成为梵高的《向日葵》那样的杰作的作品，最后竟被四婶一张张撕下来，给这堂弟充当了厕纸。难道堂弟的天赋，与此密切相关？

▲ 向 迅 摄

  由此及彼，我想起儿时对于绘画的热爱。看到了一幅好画，便千方百计地将其弄到手，然后粘贴到屋子里的墙壁上。然后抽那么一个完整的时间，将自己关闭在房间里，用彩笔临摹那画。那种耐心和细致，回忆起来令我难以置信，有废寝忘食之可嘉精神的。猫了一整天，终于将"杰作"画好了，便拿出来耀武扬威地给爸爸妈妈看，他们直夸画得好画得好。我便以为自己真能成为画家的，更梦想着晚上，有一个白胡子爷爷也能给我送一只马良的神笔。

  然而，对于画画，我确实没有任何功底的，后天亦没有经过专业培训，若是还能将那原物画得有几分像，那大概还真是托了天赋的福。记得上小学二年级时，有一本家的数学老师，兼带我们的美术课。常常教我们画一些最基本的几何图形，画一些最常见的家用物什。而最让人开心的是，每每课上有同学坐得有失体统，他便抓起粉笔刷刷几下就在黑板上将那同学的"光辉形象"给画了下来，逗得我们哈哈大笑。稍后，我去了镇上读书，每学期都要办一两期黑板报，由于我的钢笔字写得较为端正，这份苦差便落到了我的

▲ 向迅 摄

头上。我当然是用尽十二分的心思办这个公差。这个角要画一个插图，那个角要配一朵什么花，这里要一段什么文字，那里的标题要怎么变化，都得全盘考虑。结局当然是好。班主任表扬，同学也称赞。记忆最深刻的是，我曾在黑板报上画过一只喔喔叫的公鸡，用同学的话说，那真是像极了。念大学时，在班里做宣传委员，班上办海报的任务自然又落到了我的头上。我的毛笔字乏善可陈，但用毛笔画得芦花和竹子，有几分神似，于是在宿舍的墙壁上和校园里竖着的海报上，都见得着我亲笔画下的几丛"翠竹"。

在一家餐馆匆匆用晚餐后,我踏着月色回到家里。滚滚热浪早已泼我一身淋漓大汗,我便沐浴更衣,然后静静地坐在桌前画起那幅画来。这差事,我当然也是极用心的,生怕出一丝一毫的差错。然而结果恰好相反,总是出错。不是把窗户的边框画粗了,就是将窗外的楼房画矮了,不是把那桌子上的杯子画瘪了,就是将那天空涂得一片浓黑。重复了三五次,始终不得如愿,气得我将那几张废弃的白纸揉作一团,扔得远远的。屋子里一片静寂。

而此时窗外月色正好,虫鸣唧唧,夜鸟咕咕。我便披了衣裳到楼下散步去了。

忽而,我想起前天的事。我那天是黄昏时分到的家。我一路上被天空的火烧云和空白处的那种逼近灵魂的蓝所吸引。那绛紫色的云彩,那种我无法描述的蓝,真真是美到了极致。我一直仰着头走路。那一方天空深深地打动了我。而在这条路上,我又想起某一个黄昏我在地下通道出口看到的永生难忘的一幕情景。那天,当我穿过长长的地下通道,沿着台阶一步步向着地面走去时,奇异的天象瞬间捕获了我的心灵,震撼了我的心灵。同样是美得一塌糊涂的火烧云,同样是蔚蓝色的天底儿,让我不敢相信这是应该在人世看见的风景。我以为顺着台阶走上去,就可以走到我常常念叨的美丽的天边。天边,果真有这么美么?等我顺着上帝的指引,一直走到我住处楼前的空地上时,我再也迈不动脚步了。西天那一幕辉煌壮观的景象,简直是上帝施给人间的迷魂术。你看那轮夕阳,红得那样可爱,红得那样美不胜

▲向迅 摄

收，而它又恰好落在由一座山峦和一幢房屋构成的臂弯里。我看着灯笼一样的夕阳一寸一寸地落入了山中，溅起一天霞光。我猛然想到该把这一切画下来。我便冲上楼去，慌乱找了一张复写纸和一支签字笔，再冲下来站在我刚才站的空地上，岿然不动地摆开架势，画将起来。我下笔很快，然而落下纸张上的光线越来越暗淡，深沉的暮色再一次以人力不可抗拒的方式降临人世，华灯初上了。我落下最后一笔，一看时间，才惊觉已经过去两个小时。然而画并未画好，主要靠一支单调的签字笔，无法画出那种惊心动魄的瑰丽之美。而此时的小腿上，已是红斑点点。那是蚊子们在我的小腿上作下的画。

想到这一天的往事，我心释然。就将那幅存有瑕疵的画留下来吧，有什么关系呢？

同时，我还由此想到：艺术的灵感只是瞬间的闪光，稍纵即逝的。